かつてシモングの谷間にて

高橋よし子

風濤社

かつてシモングの谷間にて◎目次

かつてシモングの谷間にて

墓を埋めに行く

一九九三年九月二十四日午前一時すぎ、マーチン博士から国際電話がきた。彼の低い落ちつきのある声を聞いたとたん、私は覚悟した。

「ヨシ、悲しい報せがある。ヘレン・ワーナーが今朝亡くなった」

ヘレン・ワーナーは私たち留学生がmotherと呼んでいた人で、彼女は夫（私たちはfatherと呼んでいた）と共に多くの留学生の面倒をみた。私はその中には含まれなかったが、ただアパートが近かったので頻繁に訪ねていって、たいへん世話になった。彼女はアメリカ文学の教授で、fatherは化学者であった。

クリスマスまではもたないだろうと言われていたが、こんなに早くとは思っていなかった。それは私が彼女に暇を告げて帰国してからちょうど二週間後のことであった。あの夏、私は教える大学が休みに入るとすぐ渡米し彼女の看病に行き、九月に授業がはじまる直前までコーニングに滞在した。

マーチン博士は葬儀に来るかと聞いたが、私は即座に行かないと答えた。もう授業ははじまっていたし、コーニングへ行っても彼女はもういないし、大勢の人が弔問に来るのはわかっていた。私はそういう人たちにその時は会いたくないと思った。私は花さえも送らなかった。今送っても mother はもうその花を見ることはないし、他の人たちに見せるために送る気にはならなかった。

私はその夜ひとりで通夜をした。七月にケリー宅でした彼女の最後の誕生日祝の写真を小さな額に入れ、father が実験に使った平たい円形のガラス皿に、別れる時 mother から形見にもらった銀の匙と彼女の祖父母が作ったクリスタルの小さな塩と胡椒入れをのせて祭壇とした。

それらをひとつひとつ窓際の机の上に並べながら泣いた。祈りながら泣いた。もう mother はいなくなった。もういちどコーニングへ行き、ワタウガ通りのあの家に行っても、リビングにも書斎にもキッチンにも裏庭にも、二階の寝室にも、もうどこにも彼女はいないのだ。その後聞いた彼女の最後の様子のなかでひとつだけ嬉しかったことは、彼女の死があの朝突然訪れて彼女はまったく苦しむことなく事切れたということだった。

　あの年私がコーニングを去る数日前に、娘のプリスの運転で mother と私はリンレー墓地へ行った。コーニングから車で三〇分ほどのところにあるこぢんまりとした墓地で、昔は mother の生家のものであったが、今はリンレーの町の町営墓地になっている。

　mother はおじいさんの墓石に腰かけて私に一枚の紙を渡し、この詩を朗読してちょうだいと言った。それは father の葬儀の時にケリー夫人が書いて贈ったものであった。はじめて見るのでどうなるかと思ったが、私は彼女のそばに立ってその詩を読み上げた。遅い午後の風がゆるやかに谷へ吹きおりていった。なぜ自分の娘でなく私に読ませたのか今でもわからない。私の朗読を聞きながら mother は何度も手の甲で涙をぬぐった。彼女が泣くのをはじめて見たと思った。

　朗読が終ると彼女は私に「まだ私の隣りに埋められたいと思っているの」ときいてきた。「mother, まだ覚えていてくれたのですね。もちろんあなたの隣りに埋めてほしいです。覚えていてくださってありがとう」と言いながら、私はあの時と同じように、しかし今度はそっと彼女を抱きしめた。娘のプリスはわれわれの会話を聞いていたが何も言わなかった。

何年か前、father の墓参りに mother とふたりでここへ来た時、私は自分もここに埋葬されたいので、この墓地の一角を買うことができるかしら、と彼女にきいたことがあった。すると彼女は「別に買うことはないわ、私の隣りに埋められれば」と、こともなげに言った。私は思いがけない申し出に狂喜して「ありがとう、mother」と言いながら彼女をしっかりと抱きしめて大粒の涙をこぼした。

私が狂喜したのは土地を買わなくてもいいということにではなく〝mother の隣りに〟ということに対してであった。もうずっと mother の隣りにいられるんだと〝想像〟することは限りなく幸せであった。泣き出した私をチラと見て mother は少々驚いたふうであった。おそらくその時彼女はなぜ私がこれほどこの場所にこだわるのか理解しきれなかったのだと思う。

私は異邦人で異教徒で、もうアメリカには住んでいないのに、なぜここに埋めてほしいと思うのか。しかし彼女はいっさい理由は聞かなかった。そして mother はあの時のことをちゃんと覚えていてくれた。自分があんな大病を患ってやっとの思いで生きていた時だったのに。

motherが亡くなった翌年の夏、私はコーニングへ行った。ニューヨークから乗った小さなコミューター機がコーニングに近づくと、見なれた山々、シモング川、そしてハイウェイが見えてきた。なつかしい風景であるが、それがたまらなく悲しかった。私がいちばん会いたいと思っていたmotherはもういない。健康だった頃の体格の良かったmotherと、最後の年のやせ細って顔つきまで変ってしまったmotherが交互に思い浮かんできては重なった。

「mother, 私はあなたを忘れられない」

こみあげてくる感情が強すぎて涙を抑えられなかった。この年から私はmotherの親友のケリー宅に迎えられるようになった。私たちをもうひとつのファミリーだと思っていらっしゃい、と八十代の夫妻は言った。

着いた翌日、私はケリー宅から歩いてmotherの家を見に行った。私たち留学生がひっきりなしに出入りしたワーナー家の前には、真新しい〝売り家〟の看板が立っていた。motherが好きだったオレンジ色のブラックアイド・スーザンが、昔はほんのひと株かふた株玄関のポーチの脇に咲いていただけだったのに、今では雑草のように前庭をおおいつくすほど咲き乱れている。もうここに彼女はいません、と花たちは風にゆれながらささやいているような気がした。

門も垣根もないのでそのまま裏庭へ入ってゆくと、ドライブウェイを過ぎたところで彼女が最後の日々を過した書斎の窓のカーテンが見えた。白地に青いデージーのような花をあしらったもので、彼女が布地を買ってきてミシンで縫いあげた。水色は mother のお気に入りの色であった。

私はしばらく裏庭に立っていた。mother が最後の日々まで丹精こめていた菜園も花壇も雑草に埋もれていた。ちょうど一年前、mother の見舞いに来たエチオピアからの留学生だったアビイと彼の妻トゥトゥと私の三人でこの菜園の手入れをしたことを思い出した。レタス、ピーマン、トマト、キューリ、いんげんなどが植えられていた。トマトといんげんは大収穫で近所に配りにいったこともあった。mother はダイニングルームの大きな窓から菜園をチェックするのが日課で、それで私に野菜の収穫や草取りを命じるのだった。

ある日、その窓に立っていた彼女がものすごい大声で私を呼んだので、私は彼女が倒れたと思いとんでいった。すると、彼女は窓の外を指さして、「あいつを捕まえて！」と叫んだ。

窓から畑を見ると、一匹のウッドチャックが青いピーマンを両手にもって食べているのが見えた。捕まえてと言われても無理なことは明白で、私が行動に出ずにいると、彼女はすごい形相でもういちど「捕まえて！」と叫んだ。

仕方なく私は台所のドアを開け、裏庭につづく長い階段を降りていったが、私が階段を降りはじめた時にはもうウッドチャックはすばやく姿を消していた。私は檻も空気銃もバットもパチンコさえも持っていないのだから、もしヤツが動かずにいたとしても、素手で捕まえなければならないところだった。その年このあたりでは狂犬病が発生し、何人かの死者が出ていた。すべて野生動物から感染したということであった。私はひそかにウッドチャックの素早い行動に感謝した。

motherの興奮は異様なほどであった。怒りにふるえたまま窓のそばに立ちつくして動こうとしなかった。次の命令は隣人にたのんで檻を仕掛けることであった。左隣りの人が檻をもってきてくれて、私たちはチーズを餌に仕掛けた。

それからまもなくウッドチャックは檻にかかった。檻で捕まえた野生動物は遠くの山の中へ放しに行かなければならない。その役を今回は裏庭の奥の家の主人が引き受けてくれた。この一件で都合隣り近所十数人がかり出された。

のちに mother の墓に穴を掘るのはおそらくウッドチャックだろうと言われ、mother のところで最後に世話になった留学生のジーンは、あの時 mother が捕まえたからだと言っていた。農場に育った者として、自分の手で植えて育てた収穫物を野生動物にむざむざ食われてしまうのは mother にとって耐えがたいことだったにちがいない。

誰もいない mother の家を訪ねたあと、私はリンレー墓地に行った。ケリー夫妻がつれていってくれた。車が走り出すと私は変なふうに緊張した。今までとは違う mother に会いにゆくのだ。姿もない、影もない、声もない mother に。悲しさがこみあげてくるのを私はケリー夫妻との会話で抑えこんだ。

出発は昼近かったので私たちは途中でハンバーガーとペプシを買い、墓地についてから食べた。ケリー夫妻は mother のおじいさんの墓石に仲良く腰かけ、私はおばあさんの墓石にかけた。静かな陽光のあふれる墓地で私たちはピクニックをしているようだった。花はひと束しかもってこなかったので、散々考えたあげくfatherとの間に置いた。motherの墓には芝がまだ生えそろっていなかった。墓はまだ新しいのだ。最後に彼女とここを訪れた時からまだ一年も経っていない。

大きな糸杉の下で八月の終わりの風に吹かれながら、もうこれからは私だけのmotherだと心の中で大きな声で自分に言った。私がmotherとどんな会話をかわすか誰にも知られないのだから。ここにいる時はmotherと私だけの世界なのだ。

次の年の墓参りの時、motherの墓石に死亡年月日が入っていないことに気づき娘のプリスに電話で伝えた。そしてmotherの墓石の右下に野生動物があけたらしい穴を見つけた。彼らが掘り出した土でせっかく芝が育ってきた部分が全部おおわれてしまっていた。まるで墓荒しにあったあとのようであった。その時は道具が何もなかったので数日後再び行ってスコップで穴を埋めた。

これが私の墓埋め行脚のはじまりであった。私はいちど埋めたらもう大丈夫だろうと思っていたが、穴は毎年同じところに掘られ、そのたびに大きくなっていった。そのためにmotherの墓はいつまでも芝が育たず、半分グリーンで半分粘土色になっている。もう三年も経っているのについ先日埋葬されたばかりのように見える。

motherのすぐ隣りのfatherの墓は実に静かで、十年前に埋葬されて以来芝はみごとに育ち、どこにも穴は見あたらない。

次の年は最初からスコップを持っていった。墓埋め作業のあと私はmotherの墓の脇にそのスコップを立てて写真を撮った。ここが〝私の場所〟というつもりで。

その次の年はケリー夫妻が体調不良でマーチン夫妻がリンレーへ行ってくれた。穴は前年より大きく深く、私はマーチン夫人と山際に積まれていた、おそらく新しく墓を掘った時の残土をスーパーの紙袋に入れて運び、マーチン博士が穴を埋めてくれた。そして今年の夏の終わりに、回復したケリー夫妻とリンレー墓地へ行くと、今までで最大の穴が掘られ、私たちはもはや修復不能という結論に達し、穴はそのままにして花だけを供えてきた。

それにしても穴のあの深さでは棺にまで達しているかもしれない。motherは棺の中で今頃どんなふうに眠っているのだろうか。昔の夢をみることもあるのだろうか。隣りに眠っているfatherとはまだ言い合いをすることもあるのだろうか（私にはいつもmotherの方に理があったように思えたけれど）。そして冬が近づいて彼女の墓石の端からどんどん深く穴を掘りはじめる野生の動物をどう受けとめているのだろうか。やがて穴の中で彼らが生む新しい命のことを。

彼らがいなくなって夏の終わりにやってくる私がせっせと穴を埋めていくのを彼女はいたずらっぽく笑いながら見ているような気がする。ではまた来ますと別れの挨拶をする私にちょっとシャイな調子で、また淋しくなるわ、と言っているのではないかと思うこともある。あるいは、穴はそのままでいいのよ、またすぐ彼らはやってくるから、と言っているかもしれない。

私がいくら残土や石や岩のかけらなどを押し込んで穴を埋めても、冬のはじめにやってくる〝穴掘り名人〟にとっては何ほどの抵抗にもならないのだろう。彼らは数分間で去年よりさらに大きい穴を掘りあげてゆくだろう。それなら私は何のためにわざわざ地球の反対側からやってきて穴を埋めるのか。

私は毎年この墓埋めをやっていいことをしたと思っていたが、こうして遠く離れて考えなおしてみると、やっぱり無駄なことをしていたのかもしれないと思えてくる。私が墓石の上に置くばらやカーネーションは三日ともたずに萎れるか風に吹き飛ばされていってしまうだろう。でも埋めた穴はもうしばらくもつだろう。そしてやがてその穴に〝住人〟が戻ってくれば mother の棺に霜が降りていったり、冷たい晩秋の風が吹きつけることはないだろう。そうすれば冬から春にかけてはその穴の中で暮らす動物が自らの体で穴を塞いでいることになるのだから、これでいいのかもしれない。

しかし、私は次の夏も墓を埋めに行くつもりである。スコップをもって、赤とピンクまたは黄色のばらを二束もってゆくつもりである。穴がさらに大きくなってもう埋めきれなくても、少なくとも写真を撮ってくる。一九九九年の夏に mother の墓がどんな様子だったかを記録するために。

もしかしたら mother はもうその闖入者に、ここがいちばんいいところだと思うならずっといていいわよ、と言っているのかもしれない。でも私は正直に言ってソイツが憎らしかった、私の大切な mother が安らかに永遠の眠りについている墓に穴をあけるヤツは許せない。mother が丹精こめて育てたピーマンをウッドチャックが食べてしまうのを許せなかったのと同じように。

mother は許しているのではないかと思うようになるまで五年かかった。mother はどこかでクスッと笑っているのかもしれない。

「ヨシ、やっとわかってくれたの？　彼らがやってくるのを楽しみにしているのよ。

あなたが訪れてくれるのを待っているのと同じに」

（一九九九年）

モーニング・フェアリー

世間では、八十四歳になった妖精というのがどんなものと想われるだろうか。これから私の見たその妖精のことを語ろうと思う。

その妖精の名はサラ・ケリーといい、スタージス・ケリーの妻で、五人の娘がいる。私がはじめて彼らに会ったのは、一九七〇年代のはじめ、マンハッタンの彼らの家を訪ねた時であった。

その頃私はアップ・ステイトのコーニング市からニューヨークのクイーンズへ出てきたばかりで、コーニングのワーナー夫妻がニューヨークに知り合いがいるのは心強いからと、マンハッタンのリバーサイドに住んでいたケリー夫妻を紹介してくれたのだった（ワーナー夫人とケリー氏は高校の同級生で、両夫妻は親戚のように親しかった）。

のちにケリー氏が退職してから、夫妻はケリー氏の故郷であるコーニング市に移ってきた。クレストウッド通り四番地の家を購入し、最後までそこに住んだ。

ワーナー夫人が亡くなってからは、ケリー夫人が、私たちのところをもうひとつの家だと思って来なさいと言ってくれて、夫妻が入院する前年まで毎年夏休みに滞在させてもらった。年にいちど会うごとに彼らが次第に老いを増してゆくのを見つづけることはつらい思いであったが、夫妻はいつも快く迎えてくれた。しかし、終わりは思いもかけずにやってきた。

一九九九年六月、ケリー夫人は脳梗塞で倒れ、入院し、二度とこの家に戻ることはなかった。それよりずっと以前から足が不自由であったケリー氏もまもなく老人病院へ入り、ケリー家の娘たちとその家族たちと私の思い出でいっぱいにふくらんだクレストウッドの邸宅はからっぽになってしまった（アメリカ中に散った娘たちが交代で病院に見舞いに来て泊まってゆく以外には）。

その年も暮れ、あと三日でクリスマスという日にマーチン夫人から電話がきた。ケリー夫人の訃報記事が朝刊にのったので、とにかく知らせると言った。死因や葬儀の日程など詳しいことはまだわからないとのこと。夏に病院に会いに行ったときは肉体的には元気そうに見えたし、いつも健康な人だったので、私は彼女が左半身の自由を失っても、まだ何年も生きるだろうと思っていた。

彼女はたいへんな日本文化びいきで、いつも私が来る時にはお雛様を飾っておいてくれた。ニューヨークに住んでいた頃からのジャパン・ソサイエティの会員で日本文化・芸術に強い関心をもち、本もたくさん読んでいたし、日本に関する講演もよく聞きにいっていた。しかし、なぜか彼女はいちども日本へは来なかった。中国へ行った時も、バリ島へ行った時も成田経由だったのに、決して一泊もしようとはしなかった。またその理由を話してくれたこともなかった。

彼女と仲の良かった四女のキャヴァリーによれば、彼女は日本へ来て自分が抱いていたイメージが違っているのを見るのがこわかったのだろうとのこと。彼女が日本に関してもっとも関心をもっていたのは平安時代の文化・風俗だったから、その気持ちはわからないでもない。しかし、遠くアメリカ大陸を横断し、さらに太平洋を横断してやっとたどり着いた日本なのに、自分の意志を守りとおした彼女は、ほんとうに頑固なロマンチストだったと思う。

日本ではじめて車輪が使われるようになったのは平安時代だというのが彼女の一

番得意の日本文化史論で、ある会合で誰かが江戸時代だと言ったとき、即座に訂正したという話を毎年聞かされた。そばで聞いているケリー氏はおそらく何百回も聞かされてきただろうに、そのたびに人のいい笑い顔でうなずきながら楽しそうに耳を傾けていた。

ケリー氏は常に彼女を守り、支えようとする、やさしさにあふれた人であった。そんな彼が唯一彼女に頼っていたのは車の運転であった。彼の視力が落ちたからと聞かされたが、実は運転好きの夫人が譲らなかったというのが本当らしい。

ある夏、激しいスコールの中を隣り町の友人を訪ねるために、ケリー夫人は夫と私を乗せて、ルート17を南へ走った。

彼女の車は草色のオールズモービルで、ドラゴン・ワゴンと娘たちが名づけていた。西洋ではドラゴンはグリーンなのだそうだ。何年型かわからないほど古いもので、ガソリンスタンドで売ってほしいとよく声をかけられるほどのアンティークであった。新しい車を買うつもりはないし、この車を売るつもりもないと、常々彼女は言い張っていた。いつ頃から使っているのかとたずねても決して答えようとしなかった。娘のキャヴァリーによれば、本来なら車検に通らないほど古いのだとか。

そのドラゴン・ワゴンを駆って走行中、この車が呑み込まれそうなほど大きなディーゼルエンジンのコンボイが脇に並んできた。私たちの車は車体が低いので、コンボイの二十数個のタイヤからほとばしる雨の飛沫が洪水のように当たる。夫人は一歩も引かず背すじをまっすぐにして、余裕たっぷりにハンドルを握りアクセルを踏みつづけていた。私の席はトラック側だったので、少々こわい気もしたが、それよりも彼女がどうするのだろうかという好奇心のほうが勝っていたように思う。

彼女はどんなに激しく飛沫を受けても譲らなかった。そしてとうとうトラックのほうが譲って後方に下がっていき、二度と並んでこなかった。運転している彼女の顔をそっとうかがってみたが、まったく素知らぬ表情であった。

彼女のもうひとつの得意は乗馬であった。子供の時長い金髪を肩にたらしてポニーに乗って町へ行くとみんなが振り返った、という話を彼女から聞いたことがある。自慢話をすることがなかったので、珍しいことだった。きっともう誰も知らないうんと昔のことだからということかもしれない。

彼女は大学からニューヨークへ出てきたので、その後どれほど乗馬の機会があったかわからないが、娘たちが夫妻の金婚式の祝いをキャッツキル山中の大きなホテルでした時、六頭の馬を借りてみんなで散策したと聞いた。そのなかで最高齢のケリー夫人がいちばんの乗り手であったという。きっと彼女にとってドラゴン・ワゴンはいちばんの気に入りのウマであったのかもしれない。

あの最後の夏は、私がコーニングにいた間も娘たちや家族のように親しい友人たちが訪れ、私もほとんど毎日彼女を病院に見舞った。最初は、まだ娘たちが来る前で、ケリー氏のヘルパーの男性がケリー氏と私を車でつれていってくれた。ケリー夫人は市内の病院から郊外の病院に移されていた。そこはスリー・リバースと呼ばれ、この地域を流れる三本の川にちなんで名づけられたようだ。

私は昔、まだニューヨークに住んでいた頃ここを訪れたことがある。日本のガラスの歴史の研究に生涯を捧げたドロシー・ブレアー女史が最後の数年をここで過ごしていた時に、マーチン夫妻につれて来てもらった。九十代の半ばをすぎた彼女はだいぶ痴呆が進んでいるなかでも私を覚えていてくれたが、それであなたはいつ来たのと、同じ問いを一分ごとにくり返すのがあわれであった。

元気な頃は頭脳明晰で学問に関しては厳しく、人に対しては柔らかでやさしく、たいへん静かな人であった。スリー・リバースでの車椅子にのって病室の入口で片手で頭をかかえるようにして、ずっとそのままでいる姿が思い浮かんでくる。あの時彼女が何かを考えていたのか、単に休んでいたのかはわからない。しかし、あの姿はとても淋しそうだった。見ている私たちがそう思ってしまうほど、たまらなくわびしかった。もう書かなくなった彼女、もう博物館の研究室に行かなくなった彼女、日本のこともガラスのことも何も話さなくなった彼女。私が最後に見舞った翌年彼女は永眠した。それ以来私はスリー・リバースには行っていなかった。もう二十年以上前のことだ。

再び訪れたホームは以前とあまり変わっていなかった。奥に少し建て増しをしたくらいで、前よりずっと患者が多くなったように思えた。オニオン入りのハンバーガーが食べたいと大きな声でこれだけを言いつづける人、無言でじっと音を消したテレビを見つめつづける人、ママー、ママーと言いながらガウンの前をはだけたまま廊下をまわりつづける老人、その喧噪をまったく無視して忙しそうに病室をまわる看護婦たち。その間をぬうようにして歩行器を懸命に前へ押し出して進むケリー氏の腰を支えながら、ヘルパー氏の案内でケリー夫人の病室に向かった。ほら、ケリー夫人だよ、とヘルパー氏は言った。私は一瞬、彼がまちがった部屋へ案内したのではないかと思うほどケリー夫人の容姿は変わってしまっていた。近づいてようやく彼女だと自分を納得させなければならないほど、彼女は七〇パーセント以上別人のように見えた。

ケリー氏が、ヨシが来たよ、と言い、私も少し大きい声で、ハーイ、ミセス・ケリー、と言いながら手を取った。夏なのにとても冷たかった。ありがたいことに彼女はその時私をわかってくれたようだった。ほとんど無表情ながら、ハイ、ヨシ、と言って手を握り返してくれた。

その次に、最近ヘレンに会った？ ときいてきた。ヘレンとは私たち留学生がmotherと呼んでいたワーナー夫人のことで、彼らは親友であった。ケリー夫人はワーナー夫人が病に倒れた時、病院の保証人になった。元気な頃は私がコーニングへ行くとかならず両家で歓待してくれた。そのヘレンは六年前に他界しているのだ。

私は何と答えていいかわからず、聞こえなかったふりをした。すると彼女は同じ質問をもういちどしてきた。もう逃げようがない。私は、いいえ、まだです、と答えた。彼女はとてもけげんな顔をした。あなたはコーニングに来ればかならずヘレンのところに泊まったのに、まだ会っていないとはどういうことなの？　という顔であった。あの頭のいい、教養の豊かな、気の強い、おてんばの彼女も、もうこわれてゆくのか。私はもう彼女の顔を見ることができなかった。それで、彼女の不自由になった左手と左足をさすることに専念した。

ケリー夫人の葬儀は二月下旬にいとなまれた。

私は入試の時期で出席できなかったので、その模様をマーチン夫人が手紙で知らせてきてくれた。日付は葬儀の日になっている。以下はその要旨である。

今日の午後サラ・ケリーの葬儀がコーニングのエピスコパル教会で行われた。ケリー夫妻の永年の友人でなお存命の幾人かと、夫人が会員であったクライオニアン・ソサイエティ（女性だけの読書クラブ）のメンバーなどおよそ三十人が出席した。葬儀では、聖書の朗読、讃美歌、家族からの挨拶などがあったが、マイクロフォンのスイッチがはいっていなかったので、よく聞き取れなかった。

追悼式としてちょっと変わっていたのはサキソフォンの独奏であった（奏者はネッド・オッターで、ケリー家の四女キャヴァリーの夫の弟である。彼はジョージ・コールマンの弟子で、生活のためにコンピュータ・プログラマーとして働いているが、CDを何枚も出している。この時彼が演奏した曲は、W. C. Handy 作曲のブルースで〝モーニング・スター〟であったとのこと。これが彼のサラ・ケリーへのどんなイメージであったのかきいてみたい気がする）。最後に、サラはケンタッキーの出身なので、スチーブン・フォスターの「ケンタッキーの我が家」のオルガン演奏があった。そのあと教会の別室でレセプションがあり、サラの娘たちがサラの生涯について話した。娘たちはそれぞれ夫同伴で、テキサスから来た娘（次女のエリザベス）は子供たちもつれてきていた。その他に故ヘレン・ワーナーの娘プリスと夫、息子のロビンと妻、故アラン・ワーナーの息子と妻も出席した。サラの夫のスタージス・ケリーは車椅子で出席していた。彼にこれからどうするのかときくと、二人の娘が住んでいるサンフランシスコ近郊の老人ホームへ入る予定だとのこと。それでクレストウッド通りの邸宅は売りに出されるだろうとのことであった。この葬儀で最悪だったのは天候であった。二日前に大雪となり、学校も閉鎖、すべてのイベントもキャンセルとなったし、シカゴとデンバーの空港も閉鎖された。しかし幸運なことにケリー家の親族は全員葬儀に間に合うよう到着した。

彼女の訃報記事にのった写真はおそらく二十代前半のもので、息を呑む美しさであった。前髪のうしろで長い金髪をかきあげてうしろにたらし、少しうつむきかげんにして映っている姿を見た瞬間、私は昔映画で見た『風と共に去りぬ』の主人公を思い出した。このふたりの南部女性の美しさと教養とプライドは、完全に重なり合うイメージに思えた。

彼女は旅立って逝ってしまった。ゆっくりゆっくりと無言で（彼女はおしゃべりが大好きなひとであったが、黙っている時はどれだけの時間も一言も発しないことがよくあった。テレビで昔の映画を見ている時、音楽を聴いている時、ひとの話を聞いている時など）、帰天の途を昇っていっているのだろう。それを思いながら、残された私たちは彼女を思いつづけ、ときには涙が止まらなくなるのである。彼女が、娘たちが子供の頃どんな母親であったか私は知らない。しかし今、娘たちはみんな〝母〟をおそらく今までのどの時よりもいとおしく思っているにちがいない。その思いが見えぬ力となって、彼女の帰天を支えているのではないか。

私の大切なひとが亡くなった時、彼の葬儀の導師を務めた僧侶は、仏教では亡くなった人は来世への道のりを七日目ごとにひとつずつ修行のハードルを乗り越えてゆくので、私たちは四十九日まで七日目ごとに彼のために祈ってあげるべきだと言った。

キリスト教ではいつ天国に達するのかわからないが、私はこの地上を離れた魂が天に至るまでにはやはりいくらかの時があるような気がする。そのあいだにその人が生前の思い出にしばられて悲しんだり、気落ちしたり、暗い気持ちになったりしないように、地上にいるわれわれはその人を思うことによって支えてゆかなければならないのかもしれない。幸いなことに彼女にはおおぜいの支える人たちがいる。彼女の夫、五人の娘たちとその家族、友人たち、そして私。


ケリー夫人、あなたは今どのあたりを行っているのでしょうか。もう宇宙船より先に行ってしまわれたのでしょうか。それとも故郷のケンタッキーへ戻って、子供の頃住んでいたあたりを巡礼してまわっているのでしょうか。

あなたのお別れの儀式が終わるとまもなく春が訪れることでしょう。まずはじめにクロッカスが地面からニョキニョキ伸びてきて花を咲かせ、真黄色のレンギョウが垣根に沿っていっせいに咲き出し、しばらくするとマグノリアが真っ白にびっしりとその木をおおいつくして群れ咲くでしょう。あなたは詩人だから、そんな季節にここを留守にするはずはありませんよね。コーニングのザ・リーダー（地方紙）に載ったあの写真の頃のあなたに戻って、もうひとりのスカーレット・オハラのように古い歴史に埋もれている南部の自然の中を、軽やかにあなたの魂は飛翔をつづけていると想像しています。

ここに私は、あなたを追悼する一篇の詩を捧げます。

私がなぜあなたをモーニング・フェアリーと名づけたか思い出してください。

Fairy, Farewell!

How shall I begin my farewell to you
Over the hazy mist of early spring

You are leaving, leaving for good
Feeling the chilliness of the weather
My heart begins shivering
Because of sadness, which is vague
And soft, yet sticks into my heart
Endlessly

How shall I begin my farewell to you
That one morning when I saw you
Trotting along the stone-tiled hall
With barefoot
To the map room
The lilac pink gown you were wearing
Flew around you like a bridal veil
That time you were already

Over eighty, but still
Your trot was so swift, so smooth
And instantaneously I nicknamed you
A Morning Fairy

Since you hated to be an early riser
Perhaps it was already mid-morning
Around nine-thirty or almost ten
However, the morning sun light through
The tall window at the end of the hall
Coming through among the pine tree branches
Was still weak enough to suggest that
I was certainly morning yet
So, probably I'm allowed to call you
A Morning Fairly

Dwelled at 4 Crestwood Road

（二〇〇三年）

ドラゴン・ワゴン

サラ・ケリーへの追悼文として書いた「モーニング・フェアリー」を読んでくれた私の〝四男〟が、いちばん印象的だったのはドラゴン・ワゴンのことで、いちど乗ってみたかったと言い、あれはどうなったのかときいてきた。

私はそんなことはまったく考えていなかったので、すぐに彼女の四女キャヴァリーに問い合わせのemailを送った。そして私の〝四男〟には「では次はこのドラゴン・ワゴンについて書くわ。そしてそれをあなたに捧げるわね」と伝えた。

キャヴァリーからは二日後に返事がきて、〝きょうだいのひとり〟がもっていった、とあった。その言いかたが少々不自然に思い、フトあることを思ったが、私は重ねて〝きょうだい〟って誰？　と上から三人の名をあげてたずねたが、返事は返ってこなかった。それで彼女より気がやさしくて、どこか東洋的雰囲気をもった長女のダイアナにemailできくと、彼女はすんなり末娘と夫の名を知らせてくれた。私は心の中で、ああ、やっぱり、と思った。

末娘は他の姉妹たちと同じようにすなおでやさしく優秀な女性なのだが、その夫は誰とも親しくしようとはしない人で、ひとり浮いた存在という印象で、なぜかキャヴァリーは特に彼を批判的に見ていた。それで彼女はメールの中にさえ、彼の名を記すのに強い拒否反応があったのだろう。決してといえるほど人を悪くは言わない彼女が、その男のことになると、かなり強烈な嫌悪感をかくそうとしない。

何かこの一族の事情があるらしいが、私はそとの人間だから知る必要はないと思っている。そして極力、彼女の前では彼のことは話題にあげないことにしている。この件に関してキャヴァリーにしてみれば、両親のニューヨークのアパートを乗っ取り、誰も行かれないようにした上、母親が大切にしていた車まで持っていってしまったことを、どれほど怒りに思っているか私にも想像がつかないわけではない。

ケリー夫人に実に忠実に仕えたドラゴン・ワゴンは、彼女の死後あのクレストウッドの邸宅が売りに出されたとき、どういう経緯かわからないが末娘とその夫が引き取り、その後売ってしまったとのこと。どんな人が買い取っていったかまったくわからないが、私の記憶にある限り、あのドラゴン・ワゴンはケリー夫人にだけ属する〝存在〟であった。私は、あるコレクターが買い取って、ボロボロの部分を修復して磨きをかけ、座席やシートベルトを新調してまだ動ける状態に保ち、毎日は使わないで、大事に保管してくれていたらと想像する。そして、その車を見る人ごとがウワー、すてきな車ですね、何年型ですかねえ、まだ動くんですかあ、よくもってますねえ、などと声をかけていたらと想像する。そうしたらどこかでケリー夫人がウフッと思わずもらす嬉しそうな、得意げな笑い声が聞こえてくるのではないかと。

記憶力バツグンのキャヴァリーによると、ドラゴン・ワゴンはケリー夫妻がクレストウッドの邸宅を購入した時、あの家を建てた前の持ち主が遺していったもので、ケリー夫人が〝相続した〟一九七三年型ビュイックのエレクトラとのことであった。

私はおおむね不器用な人間であるが、ときどき、なかなか良い写真を撮ることがある。おそらくその時の被写体とまわりの風景や光のかげんなどが偶然にうまく調和してそうなるのかもしれないが、カナディアン・ロッキーで撮った氷河の先端や、逆光でシルエットになった湖や、野生の花などは、ただのオートマティックで撮ったとは思えないほどだと自分では思っている。それである時職業写真家の友人に見せにゆくとやっぱり褒めてくれた。オートでこれだけ撮れればいいよと。それで私は勢いを得て、じゃあ、この上のカメラは何がいいか教えてときくと、イヤ、キミにはこれで十分だよ、と言われてしまった。そんなことがあって、私はいまだに〝オート〟を使っている。〝その上のカメラ〟以上にうまく撮ってやろうと。

そういう作品の中にドラゴン・ワゴンもしっかり入っている。あの車の脇で三女のチェシー一家とケリー夫妻が立っているもので、深い緑にかこまれたクレストウッドの家のドライブウェイで、みんなやわらかな微笑をうかべてとてもよく写っている。この写真はケリー夫妻もとても気に入ってくれたらしく、最後までリビングの大きなテレビの上にいろいろな写真と共に飾ってあった。

今から五、六年前の夏にケリー宅に滞在していた時、チェシーが夫と二人の子供をつれてワシントンからやってきた。

コーニングから北へ車で三〇分ほど行くと、氷河の爪あとと言われる無数の湖がある。先住民の神話で、大精霊が手を置いてできたというどれも細長い湖で、フィンガー・レイクスと呼ばれている。それぞれの湖に沿って広大なぶどう畑が広がり、いくつものワイナリーがある。夏は観光客がニューヨークをはじめ全国各地からやってきて、ワイナリーを試飲しながらまわり、気に入ったものを何本も買ってゆく。私が暮らしていた一九六〇年代、七〇年代はニューヨークワインといってもそれほどの知名度はなかったが、八〇年代の終わりか九〇年代に入って急速に人気が高まり、今ではカリフォルニアワインをぬくほどだそうだ。チェシーの夫のマークはワインが大好きで、この小旅行をとても楽しみにしていたようだった。

ある日われわれは全員でドラゴン・ワゴンに乗ってワイナリーめぐりに出かけた。もちろんケリー夫人が運転していった。マークでは道がよくわからないでしょうということで。何軒まわったか覚えていないが、みんなでワインの試飲をし、マークは全部で十本近く買った。途中レストランで食事をし（もちろんワインを飲みながら）、草原に寝転んで丘や森やぶどう畑が広がる風景を楽しんだ心地よい休日の午後だった。

その帰りケリー夫人は体調を崩し、マークが代わって運転をして帰宅した。彼女は運転できると言い張ったが、夫のケリー氏とチェシーとマークが一所懸命説得してやっと彼女はケリー氏と一緒に後部座席に乗った。夫に体をもたせかけたまま目をつむり、一言も発しなかった。おそらくあれは彼女が自分の車の運転席以外の場所に乗った最初で最後のできごとだったのではないかと思う。

いつかマークにあのドラゴン・ワゴンの運転のし心地がどうだったかきいてみたい。彼はきっと、あんな大きい重い車を八十歳をこえてもまだ堂々と使いこなす彼女はすごいと言うのではないかと思う。彼女はそれをまったく苦に感じなかったのだから。

のちに彼女が脳梗塞で入院すると、長女のダイアナがサンフランシスコからやってきて、あの車を使ってケリー夫妻の家のあるクレストウッドとスリー・リバースの病院を往復した。

私も一緒に行った帰りのこと。彼女は長女として両親の危機的状況のことなどいろいろ考えていたためだろうか、運転席のドアをちゃんと閉めずに発車してしまい、病院の車寄せを出たところでドアが大きく開いて車はぐうっと左に傾き、コントロールを失いかけたことがあった（しかし、そんな時でもひどくあわてることもなく、あ〜らと言いながら右手でハンドルを握ったまま、左手を伸ばしてあのおおきなドアを必死につかもうとし、どうにか閉めると、何事もなかったようにまっすぐ前を向いて、慣れない車を運転してゆく彼女のたくましさに心から感心したものだ。これがアメリカの生活なのかもしれないと思いながら)。

キカイものは、よく当たりはずれがあるというが、まさにあのドラゴン・ワゴンはケリー夫人のために存在したのにちがいない。彼らはキカイとニンゲンであったが、たがいに理解し合い、尊敬し合っていたにちがいない。〝ニンゲン〟はこの世を去り、〝キカイ〟はどこかへ売られてしまった。あの〝キカイ〟に心があったら、今頃どう思っているだろうか。もういちどケリー夫人が戻ってくると信じているかもしれない。私の〝四男〟がいちど乗ってみたかったというし、私ももういちど会ってみたい。

私の夢想の記憶の中では、あの車はクレストウッド通り四番地の家の大きなガレージに入っていて、そのガレージの扉がオートマチックに開くと、金髪の老婦人が運転する薄緑色の大きな車体がバックで車返しに出てきて、大きく左へハンドルを切り、颯爽と道路へ走り出してゆくのだ。まぶしいほどの夏の陽が燦燦とふりそそぐアスファルトの道へ。その道の両側には、私が大好きな青くてうすいガラスのようなチッコリの花や、ブラウスの衿のレースを思わせる真っ白なクイーン・アンズ・レイセスが雑草として咲き群れているのだ。

そして私の心の中で、あのドラゴン・ワゴンはケリー夫人の思い出とともに、大切な、大切な、永遠の存在なのだ。

私の〝四男〟へ

ドラゴン・ワゴンに乗せてあげられなかったせめてものお詫びに、この一文を捧げます。

（二〇〇四年）

デュークの瞳

デュークという馬がいた。なかなか立派な名前だったけれど、体格もそうだった。ヨークシャー種の農耕馬だったカレは、うすいグレーにもう少し濃いグレーの斑点があるオシリの大きな馬だった。

農耕馬としてリタイアしたあと、シャープ夫妻に譲られて彼らの大事な〝息子〟のような存在になった。シャープ夫妻には子供がなく、彼らはずっと馬を飼っていて、デュークは五代目ぐらいだったようだ。

ある夏、私はマーチン夫妻と二人の息子と一緒に、サウス・コーニングにあるシャープさん宅を訪ねた。ご主人のシャープさんは大きくて、しっかりと肥っていて、顔もおなかもまるい人だった。少しどもるように、かなりせっかちに話す人で、でもおかしいことばかり言って皆を笑わせては、最後に自分もニコッとする人だった。

　私が聞きとれた一番のけっさく話は彼がある有名大学に行ったという話で、ボクもあの大学には行った、でも日曜だけネ、と言って首をすくめた。三つの学位をもつマーチン氏と、彼に博士号をとらせるために修士号で終わったマーチン夫人と、四つの学位をもつ長男と、建築家の次男と、大学の教員である私の前で、シャープさんは何のてらいもなく言ってのけた。なぜ日曜にその大学へ行ったかといえば、ボランティアで大学の建物の修理を手伝ったのだそうだ（彼は教会や美術館などでも、さまざまなボランティアをしていた）。

　このオチを聞いて、シャープ夫人も含めて私たちは大爆笑した。さわやかで、まじり気のない、実に健全なジョークであった。このあと彼は私たちをデュークの馬小屋へ案内してくれた。

　シャープ夫妻は二十年前、この町の中央を流れるシモング川の氾濫による大洪水で家を失くし、代替地としてこの土地を得たそうで、家の前庭も広いけれど、裏庭はその十倍以上あり、デュークの小屋と馬具置場とデュークのための運動場があった。馬小屋からつづく運動場には細い鉄線の柵がはられ弱い電気が流れていて、デユークはそれに触れるのを嫌って、柵を越えようとしたり、押し倒そうとしたりしないようになっていた。

サッカー場ほどもありそうな運動場にはいろいろな種類の夏草が生えていて、デュークはその中で〝ひとり〟で悠然と〝散策〟していた。そして時々走ってみたりしていた。決して速くはないが、馬が走る姿は美しいものだった。とくにコーナーをまわってくる時は、体がななめになって余計、カッコよかった。シャープさんが「デューク!」と呼ぶと、小走りに寄ってきて、シャープさんが馬小屋に入るのを見ると自分も入っていった。馬小屋で目の前に見るデュークはほんとうに大きかった。

シャープさんは私にニンジンの与えかたを教えてくれた。手のひらをいっぱいにひらいたまま、その上にのせてやること。手をすぼめたり、手にもって与えたりすると、デュークがまちがえて手まで口に入れてしまうからということであった。

シャープさんが切り分けてくれたニンジンを私が左の手のひらにのせてさし出すと、デュークはあっという間にくちびるですくいあげて食べた。右利きの私が左手を使ったのは、もしかじられた場合のことを考えてであった。いちどデュークにかじられそうになった瞬間があった。しかしカレはすぐ気がついて、やさしく離してくれた。カレのくちびるが私の手のひらにふれる感触は少々くすぐったかったが、なぜかセクシーでもあった。ヒトの男のくちびるよりやわらかく、やさしく、あたたかいような気がした。

ニンジンが終わってしまってもデュークはハナヅラをぬうっと私の方に近づけて、もっともっととと催促してきた。くれなければ今度はほんとうにアンタを噛んじゃうぞと考えているのではと私は想像したりした。それで手当りしだいにまぐさをとってやった。

デュークがニンジンのことを忘れた頃、シャープさんがまず自分でデュークのハナヅラをなで、私にもなでさせてくれた。私は自分がこわがっていることをデュークに悟られまいと努力しながら、そうっとさわってみた。あの感触は決して忘れられない。どんな良質のベルベットでもあれほどのなめらかさ、あたたかさはない。そう、デュークは生きているのだからこそあたたかいのだ。そしてカレの性質のおっとりしたやさしさも自然に伝わってくるのだ。私はこのベルベットタッチに毎日さわれるシャープさんを羨ましいと思った。

デュークの目は大きくて神秘的であった。カレは目が大きいのでモノの見え方がヒトとはかなり異っているそうだ。私は、カレにはまわりのものがどう映って見えるのだろうかとじっとカレの目をのぞきこんでみたが、大きな大きな黒と紫と紺色がまざりあったような瞳は、そうする私の視線をしっかり受けとめて、なおおだやかにやさしさをたたえて耀いてみえた。この瞳にはかなわないと心の中で思った。

その日、シャープさんはデュークにワゴンをひかせ、私たちを全員乗せて遠出につれて行ってくれた。

私は御者であるシャープさんと一緒に御者台に乗せてもらった。シャープさんも特大サイズで私もかなりのオシリなので、お互いにキューキューになって坐った。うしろの屋根付きの座席にはマーチン一家四人が乗り、合計六人の大人を乗せてデュークはうつむきかげんにゆっくりゆっくり馬車をひいていった。時々ほとんど立ち止まりそうになっては、シャープさんに声をかけられてまたトボトボと歩き出したりした。半分眠っているのだそうだ。アスファルトを踏むデュークのひずめの音はとてものんびりして、でもそれがリズミカルでよかった。

私は周囲の風景をカメラに収めていたが、デュークのおしりの大きさは偉大なもので、ほとんど前が見えなかった。真正面、すなわちわれわれの馬車が進む方向、メイプルの大樹が両側に並ぶ道の風景を撮ったものは半分ぐらいデュークのおしりで埋まっていた。歩きながら居眠りをするデュークを励ましながら、私たちは田舎道を約二時間かけてまわり、再びシャープさん宅へ戻った。

馬車からデュークをはなす時、デュークはウンチをした。大きなかたまりが数個ポタポタポタと、尾を上げたおしりから庭の草の上に落ちた。幸いにも私はその様子をカメラに収めることができた。落下してゆくモノのひとつがはっきりと写っていた。

次の夏には馬車は出さなかったが、運動場で遊んでいるデュークとツーショットで記念撮影した。シャープさんが撮ってくれた。時々思い出したようにカレは草の上を走った。しかし、シャープさんに呼ばれて近づいてくる時の小走りは少々心もとないもので、あの巨体がゆらゆら右や左にかしぎながらであった。

もういちまいデュークの小屋の前でおみやげのニンジンをぶらさげて上機嫌の私の写真がある。デュークにまた会えて、ハナに触れて、ニンジンを手渡しして、記念写真まで撮った私は、これからもしばらくはずっとこれがつづくと思っていた。

その年の私の日記には、「デュークは相変らずおとなしくて、がんこで、スローで、やさしくて、かわいかった」と記してある。

その次の年の夏のはじめ、マーチン夫人からの便りの中に、デュークは病いを得て殺処分になったとあった。病いが重くなるにつれてデュークは暴れるようになり、シャープさんの手に負えなくなった末の決断であったそうだ。デュークの苦しみが少しでも早く終わったことはカレのためによかったのかもしれないが、シャープさんはどんなにつらかっただろうと想像した。

夏の終わりに訪ねると夫妻はいつものとおり、軽快なユーモアいっぱいで迎えてくれた。私からはデュークのことは話さなかったが、夫人が、「デュークのことは知ってる?」ときいてきたので、私は、「ええ、マーチンさんから聞きました」とだけ答えて目を伏せた。彼女もうなずいただけでそれ以上何も言わなかった。夫人はずっと癌の治療を受けていて、シャープさんも時々体調を崩すようになって、デュークは彼らの最後の馬になった。

デュークがいなくなった馬小屋は扉が全部閉められ、白く塗った板がバッテン印に打ちつけられていて、その白さが、夕闇の迫ったほの暗さの中であまりにもはっきり浮かびあがり、それを見ているだけでたまらなく淋しくなった。デュークはもうここにはいないと、あの白いバッテン印は無言で叫んでいるように見えた。

私はデュークの写真を自分の研究室に飾って、私の新しいボーイフレンドだと自慢していたが、その年帰国してからその写真は自宅に持ち帰った。十五年間一緒に暮らした犬のジローにしろ、デュークにしろ、みんな過去の存在になってしまう。生きていると幸せなこともたくさんやってくるが、悲しいことも少なくはない。生きてゆくということはたくさんのものが流れてくる中で右往左往しながら、あっちのものにぶつかり、こっちのものにぶつかり、おたおたと自分も流されてゆくことなのかもしれない。

次に会ったらデューク、私とジローにおウマさんをして！

（二〇〇〇年）

ビア樽ポルカ

ニューヨーク時代のある年、会社のクリスマスパーティーで、「ビア樽ポルカ」をキセ氏と一緒に踊ったことがあった。

キセ氏は顔も体もふっくらした円筒形で、それがクルクルまわるのはこの曲にぴったりであった。まわりの人たちは皆楽しそうに、おかしそうに笑いながら彼が踊るのを見ていた。踊り終わったとき私はみんなにも聞こえるように、「これがホントのビア樽ポルカだ」と言い、みんなで大爆笑した。

キセ氏も笑った。怒りはしなかった。上機嫌でパーティーのあとギリシャ系のナイトクラブに全員をつれていってくれた。金曜の夜で店は超満員で、外で待っている人もいるほどだったが、店のひとりがキセ氏を見るや、さっさと指定席へ案内してくれた。

キセ氏はドアマンにもウェーターにもキャプテンにもいちいちチップを渡すのだが、彼のやり方は自然すぎて、ほんの一瞬の動作で誰も気がつかないほどだった。しかし好奇心の強い私はいちいち、しっかり見ていた。たとえ一瞬のことでも。キセ氏はお得意客なんだと思い、薄暗い店の照明の中で私はニタッと笑った。そんな人と一緒で少々得意な気分だった。

その店は一階のフロアにほんの少し高いステージがあり、二階にも席があって、どこからもステージがよく見えるようにできていた。私たちが案内された席は二階の手すり越しにあって、ステージが側面からよく見える場所だった。

席に着くとすぐにキセ氏は一ドル札を何枚も私に渡した。どうするんですか、と聞く間もなく、ステージで演奏していた歌手が、"Yoshi, Yoshi"と連発する。何がYoshiだといぶかっていると、短めに切ったバラの花がどこからか次々と私のところに飛んでくる。顔に当たらないように、肩越し、正面、斜めからひざの上に次々と落ちてくる。私のまわりはバラだらけになった。

するとキセ氏が、呼んでるよ、ステージに行ってやって、と言う。少し前にひとりの女性客がステージに上がり、歌手に近づき、両腕を彼の肩にまわしながら、お札を彼のまわりにばらまき、終わると彼に熱烈なキスをした。同じことを私もしなければいけないらしい。

とんでもないと心の中で思いながらも、キセ氏に促されて私は一階に降り、ステージに上り、前の女性がやったと同じようにキセ氏から渡された一ドル札を一枚ずつ、曲に合わせて彼の肩越しにまいた。しかしキスはしなかった。知らない人にキスをするのは私のスタイルではなかったし、彼はもう汗みどろで正直近寄るのもいやだった。私がそうしている間も音楽は鳴りつづけ、私にはまったくわからないギリシャ語で、まるで呪文のように彼は歌いつづけていた。大勢の知らない人たちの前で、なぜこんなことをやらされるのかと思いながら、私は早々に席に戻った。

しかし、"Yoshi, Yoshi" コールは終わらなかった。私は二度も〝奉仕〟をしなければならなかった。高級クラブの人気歌手から名を呼ばれバラの花を投げてもらうのは悪くはないが、お札をまくのは私にはまったくの偽善に思えて、こんなことをして楽しむヤカラではないぞと心の中で繰り返し思った。ただ、キセ氏には言わなかった。私があんなことをしているのを見てキセ氏が楽しいと思うなら、それでいいと思ったから。

キセ氏は、仕事では切れ味が鋭く高い評価を得ていて、何も求めず、何も強いず、あっさりした人だったので、日本人にも現地の人にも人気があった。また、とてつもなくユーモアのセンスがあり、それをまったくのポーカーフェイスで言うので、効果抜群であった。私たちは何十回爆笑させられたことか。しかし、そんな姿勢が彼の self-defence mechanism であったと知ったのは、ずっとあとのことであった。

私が帰国することになり、上司であったキセ氏に挨拶にいくと、東京に帰っても、まだお友達でしょ、と何回もきいてきた。きくというより自分自身で確かめているかのように。そのとき私は漠然とではあったが、この人は寂しい人なんだなあと思った。ホテルのバーでたったひとりで飲んでいる姿をよくを見かけたと何人もの社員から聞いたことがある。その後姿はたいへん寂しそうであったと。あれから何十年経ってもまだその話を覚えているのだから、よほど印象的だったにちがいない。

それを聞いて私は、誰もいないバーにポツンと坐っているキセ氏のまんまるい後姿を想像した。背広を着てネクタイをしめて。顔は見えないけれど、どんな表情をしていたのだろうと想像してみた。いつもと同じまんまるいポーカーフェイス、ただ何を見ているのか、何を考えているのか誰にもわからない。自分の本当の思いはあの大きな体の中の彼の心の中にとどめて、決して誰にも明かさなかったのではないかと思う。

私が帰国した翌年くらいにキセ氏も帰国したが、すぐ中東へ転勤になった。その送別会に私も招かれて出席した。ひとりずつ挨拶の言葉を述べた。みなさんユーモアにみちた洒落たスピーチばかりで、それに対抗して私は「ビア樽ポルカ」のことを話すことにした。

この会には奥さんも娘さんたちも出席されていたので、なるべく失礼にならないように言葉を選んで話した。奥さんは外国人で、娘さんが一所懸命通訳していたので、訳しやすいように文を短く切って簡明に話すよう気をつけた。キセ氏も例のポーカーフェイスで、じっと聞いていてくれた。

最後の〝これがホントのビア樽ポルカだ〟というところで、みんながどっと笑った。キセ氏も笑った。娘さんは訳しつづけていて笑うどころではなく、奥さんは時間がずれて笑いそこない、彼らの反応は皆とは違っていた。私は、この話はやはりご家族には笑うほどのことではなかったのかもしれないと思い、何となく申し訳なく思った。

それからまもなくキセ氏は中東へ発ったと会社の人たちから聞いた。きっとしょっちゅう東京へ出張で帰って来るのだろうと私は考えていた。そしたらまたお会いできると。しかし、つぎに私が聞いたニュースは、彼が任地で急死したというものであった。「ビア樽ポルカ」の話をしたあのお別れ会が最後となった。

キセさん、もういちどポルカを一緒に踊ってください。踊りながら私は、まったくあの時と同じように笑いころげるかもしれません。

亡くなられてようやく、どんなに寂しい心を抱いて生きていらしたかと思いました。なぜ私は、図々しくとも自分の方からあなたに連絡して、たまにはイッパイつきあっていただいて、あなたの寂しさの万分の一くらいはふきとばしてさしあげるようなことをしようとしなかったのか。もう決して追いつかないことですが、そう思っていたく後悔しています。

また今年もクリスマスが近づいてきました。あのときのクリスマスはほんとうに楽しかったですね。あなたの最後のご様子を同僚の方々からうかがったことがあります。遠い中東の地で、ある朝テニスをしている最中に崩れるように倒れて、そのまま意識を失い、事切れたと。

ご遺体は日本に運ばれ、ご葬儀がありました。このことは私も知っています。あれは桜が満開の四月のことでした。私は新しく就いた仕事の都合で、どうしても出席できませんでした。

遠い遠い中東の地で旅立たれ、なきがらとなって日本へ戻ってこられたキセさん。あなたのお墓がどこにあるのか私は知りません。でもすでに旅立たれてしまったあなたにお墓がなんでしょう。

あなたはよく、ふらっと私たちの心にやってきて、しばらく楽しそうに過ごしてゆかれます。私たちはおおいにおしゃべりをします。あなたのことをいっぱい思い出して。昔のことも今のことも、いっぱい話します。あなたがお元気でいらした頃よりも、亡くなられてからの方が、私はあなたのことをよく思い出すようになりました。そして、あなたの寂しさをわかってあげられなかった分、私は自分が寂しくても我慢しなければと思います。

キセさん、きっともういちど「ビア樽ポルカ」を踊りましょうね。ふたりとも靴がつぶれて、床が抜けるまで。

（二〇〇五年）

タンゴ

　会社のクリスマスパーティーはほとんどローカルエンプロイーが主役であった。彼らのほうが踊りがうまく、どんな曲がかかってもかならず踊ることができた。踊りこなしていた。派遣社員（東京から来た人）の人たちは息を切らしたり、こんな曲はプライドが邪魔して踊れないとか、または見物するだけで決して踊らない人もいた。

　このパーティーを盛り上げるのはいつもローカルエンプロイー、特にヒスパニック系の従業員たちだった。当時は互いに手をとらず、向かい合って踊ることが多かった。これは少々苦手な相手と踊らなければならないときは、ありがたいスタイルだった。しかし、タンゴやブルース、ワルツなどではそうはいかない。私はそういう曲になるとさっとどこかへ消えるようにしていたが、ある時、急に曲がタンゴになり、みんなが一瞬どうしようと戸惑った瞬間があった。

　私はひそかにシメタと思った。タンゴなんて踊れる人はほとんどいないだろうから、誘われることはないと。すると、曲がはじまって一小節も終わらないうちに、アルゼンチン出身のホセが踊ろうと言ってきた。私は笑いながら、踊れないと言った。タンゴなんて踊ったことはないからと。ホセは満面の笑みをうかべ、大丈夫、踊れるからと私の手をとってフロアへつれていった。

　ホセと私は同じ大学の夜間部へ通う仲間で、明るくて、よく気の利く、優れた従業員で、背は高く、それなりにハンサムで、誰に対しても感じのよい態度で接するので、なかなかの人気者であった。そのホセに言われたのだから断る理由も考えつかず、私は心の中で、私が踊りながらすべったり、転んだりしたら、それもおおいに余興だと思い、もう彼に体重のすべてをあずけて（今よりずっと軽かったが）実行に移した。

　ホセのリードは秀逸であった。〝私たち〟は優雅におしゃべりさえしながら、フロアを上手に使って（ホセは）まるで床をすべるように踊りとおした。私は自分がどうなったのかよくわからなかった。とにかく私は生まれてはじめてタンゴを踊っているのだ。でも、いちどもホセの足を踏まなかった。いちどもすべらなかったし、転びそうにさえならなかった。ホセは私の右手をとり、自分の右手を私の腰にまわし、絶妙なリードで私と〝踊って〟くれた。パートナーしだいで不可能が可能になるのだと、つくづく思った。何という奇蹟だ。私は何の努力もせず、ただすべてをホセにゆだねていただけなのに。

ホセはタンゴの天才だった。

（二〇〇五年）

見知らぬ者のためのマンハッタン

七月の半ば、私はマンハッタンにいた。十年前にニューヨークを引き上げて以来、三度目のマンハッタンであった。

最初に再訪したのは引き上げてから二年後で、私の心のすみずみにまで思い出はあふれ、その思い出のきずなはしっかりと私の身体のあらゆる感覚にまとわりついていた。ニューヨーク・ケネディ空港に着いたとたん、飛行機の排気ガスの匂いと真夏のアスファルトに反射した熱気が、いっせいに私に迫ってきた。そんなすさまじい喧騒さえも私はたまらなく懐かしく感じ、ああ、私は帰ってきたという思いがその熱気に呼応するように湧きあがってきた。

二度目の再訪はおととし、すなわち最初の再訪から六年後であった。たいへんひさしぶりのニューヨークで、私は内心とても興奮していたし、いろいろなことをしようとはりきっていた。どこへでもひとりで出かけていった。

しかし今回は、最初から最後までマンハッタンへ行くことが怖くて怖くてしかたがなかった。この気持ちはどこから起こってくるのか、私は予想もしていなかった。

翌日、ＪＦＫ国際空港の近くに友人のオフィスがあって、私はそこからマンハッタン行きのバスに乗った。一ドル紙幣を三枚すぐ出せるように用意した。出発時間がくるとキップ売りの男が乗ってきて、"eight dollars"と言う。驚きあわてて私はありったけの一ドル札をかき集めて払った。以前は二ドル半くらいだったような記憶がある。

ミッドタウン・トンネルをぬけてマンハッタンに入り、イースト・バスターミナルの近くでバスを降りた。ここからメトロポリタン美術館へ行くにはアップタウンに向かうよりしかたがない。せっかくだから少し歩こうと、いくつかのブロックを上がってゆく。新しいしゃれたビルがつぎつぎと目に入ってくる。こういうビルを見るにつれて自分の stranger 度がさらに増す。人間が操縦して動かしている巨大なロボット、マンハッタンは流動している。生きもののようなものかもしれない。

今、一九八七年夏に自分が立っているマンハッタンは十年前自分が暮らしていた頃のマンハッタンではない。あれはもうとっくに新しい流れにのみこまれていってしまったようだ。そして、新しいマンハッタンはもう私にとってパネルの中の写真のようでもあり、一種の砂漠の楼閣のようにも思われてくる。この喧騒の中で、この埃の中で、この人の渦の中で、この明るい真夏の日差しの中で、私は自分が完全なる a stranger であることを認めなければならなくなる。誰も私を知らない。私ももう誰も知らない。新しいビルはまったくの他人の顔だ。

果物売りが、新聞売りが、使い走りの若い男が、濃い化粧をしてできるだけ sexy に装った女たちが、ブリーフケースをさげスーツを着た男たちが、そして走ってくる車さえもが、私には怖かった。その喧騒の中で立ち尽くすことさえ怖くて、ただひたすら歩きつづける。バスに乗ればいいのに、バス停で待つことさえ怖い。もう少し up の方へ行ってちゃんとしたオフィス街まで行って、そのあたりでバスに乗ろう。四角張ったバッグを左肩から斜めに背負って、古いカメラのひもを短くしっかり握り締めて、できるだけ足早にいちブロックずつ上がってゆく。

六番街から五番街へぬけてゆく途中で、中国人らしい初老の男が粗末なイスにかけていた。その前に置いた折りたたみ式の小さなテーブルに白い布を敷き、腕時計をたくさん並べて往来で売っていた。売っていたとは思うが、あまり熱心にという様子ではなかった。

私が近づくとその男はチラッと私を見た。まったくの無表情で、その目は怖いほどしっかり私をとらえていた。目が合った。私のすべてを見抜かれてしまったような困惑を感じた。私が彼の前を通り過ぎるほんの一秒の何分の一ぐらいの時間に、彼は私の何かを値踏みしているように私は感じた。立ち上がればおそらく一メートル八〇センチはこえるであろうその男は、日に焼けた肌をして、白っぽいシャツの袖から出た骨太の腕を胸に組んでいた。

その男の目に私はうすい恐怖を感じた。一言として声をかけようとするそぶりはなく、冷たい表情でもなく、また人を侮蔑するふうでもなく、彼は何ともない顔をしてじっと私を見つめつづけた。私が彼のいるところに近づいて、その前を通り過ぎるまで。そのあと彼がどうしたかはわからない。私に振り返る気はなかったし、振り返ってまたその男の視線を受けるのはつらいような気がした。

その男は私を見ていた。とてもしっかりと。私もその男を確かに見た。しかし私はその男の視線の強さにひかれて反射的にその男を見たのであって、見たからといって何の興味も感じなかった。ただ、その男がなかなかしたたかな生き方をしているのだろうという印象を受けた。こんな商売をして家族を養っているとも思えなかった。隠居の小遣い稼ぎか。またはチャイニーズ・マフィアの連絡係か、本当はかなりのボスなのか。時計を並べてはいるが、まったく売れなくても彼の生活には関係ないのかもしれない。どうにでも想像しうる様子の男であった。

こんな人たちには勝てない。こんな人たちが堂々と暮らしているところで、自分はもう暮らしてはゆけない。いつの間に私はこんな人たちを怖いと思うようになったのだろうか。

昔、自分が住んでいた頃は、こういう人たちを見ても視界に留めることすらなかった。アスファルトの石や、パーキングメーターのポールと同じように、見ていても気がつくことはなかったし、ましてやいちいち恐怖心を感じることはなかった。あの頃の私は何だったんだろう。何を考えながら生きていたのだろう。

その男のいた通りを抜け、つぎのブロックで左へ曲がりバス停を探した。メトロポリタン美術館へ行くバスに乗るためだったが、バス停には誰もいなかった。歩行者は大勢いたが、誰もいないバス停に立っていることが怖くなった。バスはいつ来るかわからない。ワル者もいつ近寄ってくるかわからない。助けてくれそうな人もいない。逃げられる力（足の速さ）もない。私は平静を装いながらバスの来るはずの方向をじっと見つめ、横目で通り過ぎる人たちを観察していた。幸いなことにしばらくすると数人の〝待ち人〟ができた。さらにしばらくすると、ようやくアップタウン行きのバスが来た。

私は“To Metropolitan Museum?”と運転手にきいた。とても無愛想でうなずいたかどうか微妙なところであったが、少なくとも“No!”という言葉は聞こえてこなかったので、乗り込んだ。もう料金が一ドルになっていることは聞いていたので一ドル札を出すと“Tokens only”と言う。tokenは持っていなかったので、どうしようと思ったが、幸いにも運転手のすぐ後ろの席に坐っていた白人の女性が、“Do you need a token?”と言って自分のtokenを出してくれたので、私はお礼を言って自分の一ドル札と交換し、tokenを運転席のそばの料金箱に入れた。そのtokenが落ちてゆくチャリンという音を聞いて私はとても幸せを感じた。この女性客のきさくな親切と、このバスは私を美術館まで運んでくれるという安堵感と。

なぜ私はこんなふうになるのだろう。昔は、機械的にバスが来るのを待ち、自分が乗るべきバスが来れば、ただ機械的に乗り込むだけだった。席があれば坐り、なければ立ったまま窓の外の街をほとんど無関心に見ていた。何をとくに珍しいとも思わなかった。それは、目に入ってくるものはすべて〝いつものもの〟だったからだ。

ここで生活している私と自然にどこかでつながっていて、白人も黒人もヒスパニックもジュイッシュもコリアンもチャイニーズもアイリッシュも、金儲けのうまい者も、何をやってもダメな者も、うまく人を利用してのし上がってゆく者も、一個のティーバッグを一日中使うほどつましく暮らしてコンドミニアムを購入した者も、信じていた夫に何年も前から愛人がいて離婚を迫られた者も、家の一〇メートル前で強盗に遭い殴られて頭部に負傷し一週間後に死んでいった老女も、消防士の夫と生活時間が合わず離婚に至った者も、カトリックの男と結婚してうまくゆかずに別れることになったジュイッシュの者も、みんなこの中で、マンハッタンで働き生活している〝人種〟であった。

それぞれがそれぞれのクオーターをもち、暗黙のステイタスをもち、あるところでは反目し合い、あるところではうまく体をかわし合い、譲り合い、妥協し合い、あるときには争い合い、競争し合い、たがいに他人または他人種だと考えたりしながらも結局はマンハッタンという、世界一混乱したコミュニティの中で、一日一日をどうにか生きている同士なのだ。

巨大な美術館でほとんど半日を過ごし、同じルートで夕方、ロングアイランドの友人宅に帰り着くと、やっと自分の陣地へ戻ってきたような気になって、心に余裕が出てくる。もう何も恐れることはない。サイフも手帳もカメラもパスポートも台所のテーブルの上に置きっぱなし、寝室の窓は開け放しで寝る。マンハッタンまでは列車で一時間ほどのところなのに。

マンハッタンは特異なのだ。私が意識しすぎるのかもしれないが、やはりあの古代戦士の剣のような形をした島は、実際に行ってみると、どうしようもなく特異な世界であった。

あの頃私は、香港からの留学生エイプリルのおかげでほとんど毎週のように日曜日はチャイナタウンへ出かけた。彼女のお父さんが働いている事務所がみんなの集合場所で、日曜礼拝の後ここに集まり、みんな揃うと少し遅い昼食（飲茶）に行く。お父さんはいつも違うところへつれていってくれ、全部私の知らないレストランだった。おそらく中国系の人たちしか行かないところなのだ。

私は宋家の〝食客〟で、いちどもお金を払ったことはなかったが、七、八人で円卓を囲んでたらふく食べても、びっくりするほどの額ではなかったように記憶している。料理は素朴でとてもおいしかった。ほとんど同じサイズの楕円形の中皿に盛って出てくるので、お勘定のときはその皿の枚数を数えて料金を計算する。超満員の店で、これは面倒がなくていいやりかただと感心した。

ある日曜日の昼下がり、お父さんの事務所の前でエイプリルが出てくるのを待っていると、中国人の老婆がやってきて中国語で話しかけてきた。どうも道をきいているらしい。私がこのあたりで知っているのはこの事務所だけなので、私は英語でできるだけやさしい口調で、申し訳ないがわからないと言った。老婆は、ああ、そうかねとでもいうように静かに先へ歩いていった。私の英語が通じたかどうかわからないが、少なくとも最初に言った〝I am sorry.〟はわかったのではないかと思った。

またちがう折にエイプリルと食料品店に入り買い物をしたとき、そこの店員がエイプリルに、なぜこの女性は中国語をまったく話さないのだときいたらしい。ウィットに富んだエイプリルは、彼女はニューヨーク生まれだからと説明したそうだが、店員はああそうなのかというように頷いていた。

後年、中国の西安でも私は土産物屋の人たちから英語で、"We give special discount to overseas Chinese!"と声をかけられたことがあった。どこへ行っても中国人に中国人だと思われた。とても光栄なことであるが、中国人のフリをし通すことはできない。中国人のように中国語を話せないからだ。

ニューヨークに暮らしていると、英語以外の外国語を話せたらと痛感することがよくあった。私が通っていた大学のキャンパスでコリアンらしい学生が通りすがりに"Are you a Chinese?"ときいてきた。"No"と言うと"Are you a Philippino?"とききき、"No"と答えると、しばらく考えて、思い切ったように、"Korean"かとききき、"No"と言うと、彼は"I give up. What are you?"と開き直るようにきいてきた。

コリアンの中には日本人に好感を持っていない人もいることは周知の事実だったので、私は答えたくなかったが、中国語も韓国語もタガログ語もできないのでウソは言えず、"Japanese"と答えた。彼は一瞬戸惑った表情をして、"Oh, I see."と言って歩いていってしまった。彼は私が、Thai だとか Malaysian とか言えば満足げな顔をしたかもしれなかった。

日本人であることで一番困った経験は、テルアヴィヴ空港で日本赤軍が銃を乱射して数百人の犠牲者を出し、その多くがプエルトリコからの巡礼だったという事件のあとだった。私が働いていた日本の会社には連日、爆弾を仕掛けたなどという脅迫電話がかかってきて、そのたびにＮＹＰＤ（ニューヨーク市警察）が来て会社中を捜査した。全員ビルから退去させられたこともあった。そんな時、われわれ日本人はできるだけ日本人と思われないようにしようと努力したが、またまた私の顔つきが問題となった。

アパートの近くのスーパーでレジに並んでいる時、人の良さそうな中国人の初老の男がニコニコしながら、私に中国人かときいてきた。そのあたりはプエルトリコや中南米出身の人たちも住んでいたので、私は決して日本人であることを明かしたくなかった。できるだけ愛想良く笑いながら、いいえと答えたが、彼は、では何人なのかとさらにきいてきた。ちょうど夕方の終わりの時間でレジのあたりは超満員だった。ヒスパニックの人たちも並んでいるし、私は絶対に Japanese という言葉を聞かれたくなかった。彼はまた同じ質問をしてきたので、私は不自然さを解消するために、小さい声でJapaneseと答えた。彼は笑顔をくずさなかったが、それ以上何もきいてはこなかった。

私がせっかく中国人に見えるなら、中国語を話せばそれで通ったかもしれない。アメリカに九年近く住んだが、いちども日本人かときかれたことはなかった。そのことをもう少し真剣に受けとめて、策を練るべきであったかもしれない。

チャイナタウンとイタリアンクオーターが接するあたりでよくお祭りがあって、たくさんの屋台が出た。あるとき、エイプリルとジミーとウォルターと私の四人でシシカバを買って食べたことがあった。

私は食べるのがのろくて、あとの三人はさっさと食べ終わってしまった。私はどこまで歩いても食べ終わることができず、食べ残しを捨てる場所もなくてとても困った。食べられるものを捨てるのは気がひけたが、やっとある角でゴミ箱を見つけて、誰にも見られないようにそっと捨てた。食べ切れなかったのは肉が硬すぎたのと、野菜が焼けすぎて黒こげになっていたからであった。

私たちは半日もそこを歩きまわった。中国人もイタリア人もヒスパニックの人たちも、おそらくコリアンも日本人も黒人も白人も大勢の人たちがいた。そんな中をほっつき歩きながら私は、怖いと思っていただろうか。ドロボーやスリにハンドバックやサイフをとられることは怖かったかもしれないが、その他の何を私は恐れていただろうか。

私はまったく無防備で、エイプリルたちと店をのぞいたり、おしゃべりをしたり、大声で笑いこけたりしながら、祭りの人ごみの中を揺られるように歩きつづけていた。誰の視線も感じもしなかったし、自分が誰かに視線をやるということもなかった。私たち四人が世界で、あとはすべて風景だった。二つに切ったオレンジをつぶしてジュースを作ってくれる屋台があり、若いヒスパニックのお兄さんが列を作って待つ客たちのために休む暇もなく搾りつづけていた。搾りたての生のオレンジジュースはとても甘くておいしかった。

やがて彼らにさよならを言い、地下鉄を乗り継いで自分のアパートへひとりで帰ってゆく。もう日はとっぷり暮れている。新しい仲間たちと過ごした一日の終わりは、心が満たされていて、いつもの淋しさはしばらく忘れていられる。

マンハッタンはいちど離れてしまうと、もうまったくの他人の顔になってしまう。その激しさ、厳しさの中で毎日闘いながら生を営んでいる者たちにとってのみマンハッタンは隣人でありつづける。

それにしても、みんなどこに潜ってしまったのか。どこへ行ってしまったのか。私が戻ってきたのに、誰も私を見つけ出して声をかけてきてはくれないのか。誰も私を知らない。私は誰も、昔の友達どころか顔見知りさえ見つけ出せない。いくつもの新しいビルと、いくつもの建築中のビルと、昔のままの華やかなシックな窓飾りをしたいくつものデパートと、スーツを着込んだ男たち、ジーンズをはいた男たち、スカートをはいた女たち、スラックスをはいた女たち、白人に混じって黒人、ヒスパニック、アジア系の人たちが忙しそうに行き交うなかで、乱暴な運転のバス、タクシー、普通の車、オートバイ、荷台の付いた自転車などの洪水の中の騒音。

私はもう、ここにおいてまったくの〝見知らぬ者〟であった。私から見たマンハッタンも、マンハッタンから見た私も。

あの頃も今も私の存在は風に舞うひと粒の砂のようなものであったのだろう。しかしあの頃はその風塵の中で必死に舞う砂粒であった。そして今は、遠く離れた今は、もう舞うこともできず、ただおろおろと地を這う砂のひと粒にすぎなかった。

（二〇〇五年）

スプリングフィールド・ガーデンズ

そこへ行くにはマンハッタンから地下鉄のF Trainに乗り、終点の179th St.で降り、さらにスプリングフィールド・ガーデンズ行きのバスに乗り終点まで行く。バスはだいたい三〇分くらいかかる。JFK国際空港の北側に位置し、クイーンズ区のいちばん奥で、その先はもうロングアイランドになる。

バスを降りて下宿先のアンダーソン家に向かっているとき、異様な光景を見た。飛行機が落ちてゆく。すぐ先の住宅の庭の大木の向こうへ、大きな機体が消えてゆく。たいへんだ。飛行機事故だ。あれだけの大きさではジャンボ機かもしれない。どれほど多くの犠牲者が出るのだろう。

機体は完全に消えた。しかし、いくらたっても何の音も聞こえてこない。あれ、落ちたんじゃなかったの？　ならば、どこへ行っちゃったの？　私は道の真ん中に立って待ちつづけたが何も起こらなかった。

　それから何回も同じ光景を見た。飛行機は何の音もたてず、静かに遠い木立の向こう側に消えてゆく。消えてしまっても何の音もしてこない。

　やっと、あのように見えても墜落してはいないのだと思えてきた。何週間もして、ようやく私は地図を見て、ここがＪＦＫ国際空港の北東に当たるところで、滑走路の向きであのように着陸機が下降してくるのだとわかった。風の向きで音も聞こえてこないのだ。誰にも聞かずよかったと思ったし、思い出すたびに、自分の稚拙さかげんをおおいに笑った。

　この地に来てまもなく、アンダーソン家の長女ジョアンと一緒に近所の黒人の牧師さんのお宅へディナーに招かれて行ったことがある。

　その席で彼女は、この席にいる人たちが知らない人の話をするときかならず、「ワーナーさん、白人なんだけど」と、その名の人物が白人の場合はかならずこう一言付け加えた。黒人社会の内側をちらっと覗き見したような感じがした。

　その一家には小学生くらいの子供が何人かいたが、教会へ行くときと同じように全員正装して席に着いた。お行儀も話し方もとてもよかった。かつて白人たちがもっていたいちばん上等の道徳観をそのまま受け継いで、自分たちのスタイルとして守りつづけてきたという印象をもった。コーニングで、これほどフォーマルな食事会に招かれた記憶はなかった。この一家があまりにもきちんとしているので、私はかなり緊張感をもったし、自然に尊敬の念をもった。

アンダーソン家ではみんなそれぞれ働いていたので、一家揃って食事をしたり、客を招くこともなかった。お父さんとお母さんが家で食事をするのを見たことはない。朝も昼も夜も食事のときに会うことはなかった。自分たちが経営しているお店で食べていたのかもしれない。

一方、ジョアンとベラと私の三人は毎週二〇ドルずつ出し合って夕食を作った。ジョアンはシチュー系のものをよく作り、ベラはフライをよく作った。私も手伝ったが自分ではほとんど作らなかった。私の粗食料理では彼女たちの胃袋を満足させることは難しかった。いちどコロッケを作ったが、たまたまやってきたお父さんに食べてもらうと、「肉なんか入ってないじゃないか」と文句を言われ、この国では山ほどひき肉を入れなければ認められないのかと、心がくしゃくしゃになった。ジヨアンは「あら、ちゃんと入ってるわよ」と言ってくれたが、お父さんは二度と手を出さなかった。

アンダーソン家に同居していたベラは、ジョアンのお母さんの末の妹で、スタイルもよく、なかなか魅力的な女性だったが、生き方が下手で、いつも自分の姉やジョアンからバカにされてからかわれていた。

ベラはジョアンのお姉さんのようにみえるが、実際には叔母なので、私たちはよく、彼女をAuntie Veraと呼んでからかった。彼女はしなやかな体つきで、少し甘えたようなしゃべり方をするので余計頼りない感じがした。とてもおしゃれで、夜だけでなく朝もかならず沐浴した。いい匂いのするバスオイルを使うので、そのあとバスルームに行くと香水のような匂いがした。またあきれるほど長湯なので、彼女にかち合わないよう風呂に入るのを気をつけなければならなかった。

彼女には誰も逢ったことのない恋人がいて、夜、ときどき電話がきた。それはかならず彼女がその人物とのデートを心待ちにしている時で、そのデートのキャンセルの電話であった。彼はひたすら電話口で謝っているらしい。ベラはやさしい口調で、いいのよ、ハニー、かまわないわよと繰り返す。しかしこんなにしょっちゅうこの類の電話がくるということは、彼女はほとんど彼とデートしたことがないということだ。

ジョアンはまったく同情せず、ベラはあの男に利用されているだけなのよ、と言っていた。なぜかその電話はいつも延々とつづく長電話なのだ。終わって受話器を置くとベラは残念そうな顔もせず、彼はとても重要なポジションにいるので、いつもひどく忙しいのよと、まるで言い訳のように私たちに説明するのだが、自分に言い聞かせるかのように言っている感は否めなかった。私はいたく彼女に同情し、見たこともない電話の相手の男をひどい奴だと思った。こんなに純粋に思っているうら若き女性の気持ちをもてあそぶなんて許せないと思った。

彼女はふつうのアメリカ人女性とは少し異なって、誰かにはりついていなければ生きてゆけないようなか弱さがあった。だから自分のアパートは持たずアンダーソン家に居候のようにして暮らしていたのだと思う。たとえからかわれても辛口のことを言われても、血のつながりのある人たちの中に身を寄せて自分のあまり幸せではない私生活の痛みをおおいかくしていたのかもしれない。

アンダーソン家の人々はみんな強かった。アンダーソン夫人は夫と共に日本のコンビニのような小さな食品店を営んでいて、アンダーソン氏は国連職員の子供たちを学校へ送り迎えするプライベート・スクールバスの運転手だった。彼は自分のスクールバスを所有し、各々の親たちと契約して送迎し、夕方その仕事が終わると妻の店を手伝いにいき、夜遅く店を閉め、ふたりで帰宅する。彼らが帰宅するのはいつも真夜中に近かった。

ある夜、一週間ごとに払う部屋代を持ってアンダーソン夫人の寝室へいくと、彼女は大きなダブルベッドに坐り、ふとんの上に小銭を広げて数えているところだった。私が、あっ、すいませんと言って引き返そうとすると彼女は、いいのよ、ヨシ、かまわないから入ってらっしゃい、と言った。ベッドに広げられた小銭の量はかなりなもので、これを毎日数えるのはたいへんな仕事だと思った。

彼女のことをジョアンはかかあ天下だと言っていたが、私にはいつもやさしかった。いつも夜遅く帰ってくるので、ほとんど顔を合わせることもおしゃべりをする機会もなかったが、帰宅して私の部屋の前を通るとかならず、ナイナイ、ヨシ（おやちゅみ、ヨシ）とやさしく声をかけてくれる。まだ起きているときは出て行って“Good night, Mrs. Anderson”と言うが、もう眠りかけているときは返事をしないこともあった。それでも彼女はちょっとだけ立ち止まってくれているのが足音でわかった。とても嬉しかった。ジョアンとベラとはいつも一緒に夕食をとり、おおいにおしゃべりし合ったが、〝お母さん〟に声をかけてもらえるのはとても心温まるものであった。

アンダーソン家ではセパード犬を飼っていた。しかし私はその犬に触ったことも、顔を見たことさえなかった。あの地域ではほとんどの家が防犯のため頑丈な網のフェンスで囲われていて、人間が檻の中で暮らしているようであった。その犬のいるところも同じようなフェンスで囲ってあった。

犬が好きな私はおおいに期待したが、ジョアンに、この犬はお父さんの言うことしかきかないので危険だから絶対に近づかないように、と言われた。私は廊下の窓からその犬の後姿（背中と頭の一部）を見ただけで、あとは激しく吠えたり走りまわる音を聞いただけであった。こうして大型犬を飼うのは決して愛玩のためではなく、ドロボーよけの目的であった。商売をしているアンダーソン家には現金を置いていることもあったかもしれないので、あのセパードの役割は重要だったのだろう。そういえば、犬の名さえ知らなかった。

「よく我慢したわねえ、一年も！」

その次の年私はクイーンズ・カレッジに編入し、ここからでは通えないので、マンハッタンの職場とカレッジの中間あたりのジャクソン・ハイツというところへ移り、同じ職場の日本人の先輩と一緒に住むことになった。

彼女は私が黒人一家のところに十ヶ月ほど下宿していたと話すと右の言葉を感心したように、また同情をこめて言った。私はえっ、という顔をして瞬間横に立っていた彼女を見上げた。黒人と暮らすということはそんなにたいへんなことなのかしら、なぜこの人はそう思うのだろう。

このジャクソン・ハイツのアパートの大家さんもプエルトリコ人で、とても親切なおばさんだった。週末にはよく私たちをお茶によんでくれた。彼女が出してくれたのはお茶ではなく、彼女いわく、プエルトリコ式カフェオレであったが、とてもおいしかった。いれたてのコーヒーと沸かした牛乳を同時にすごい勢いをつけてカップに注ぐ。冬の日は本当にありがたかった。

先輩はこのプエルトリコ人のことは何も言わなかった。彼女はこの大家と相性が良かったらしく、私が一年後にさらにカレッジに近いフラッシングへ移ってからもずっとそのアパートに住みつづけ、定年退職して日本へ帰ってくるまでそこにいたと聞いている。

彼女はとても人のいい真面目な人で、彼女の英語は話しても書いても完璧であった。ある時電話屋がきて、彼女の分と私の分を設置したが、彼女の英語がイギリス英語であまりにも高級だったので、工事屋が理解できず、代わって私が broken English を混ぜて話すと、no problem であった。彼女にはどうしても broken English は話せなかったのだ。その時私は自分の〝技術〟を心ひそかに自慢した。研究者や大学教授などとも話ができ、また英語が母国語でない人たちともどうにか理解し合える話し方ができるのはなかなかの〝技術〟ではないかと思った。

先輩は何年か前に帰国されて、今は老人ホームで暮らしている。年賀状を出すと、よく覚えていてくれてと喜んでくれた。彼女は人が良すぎてあまり出世しない人であった。しかし彼女の誠実な生き方は知る人ぞ知るである。ふたりとも老人になったが、彼女の経験域と私のそれはかなり異なっていたように思う。

私はコーニングという田舎の小さな町で自分のアメリカ生活をはじめ、多くの人に出会った。ニューヨーク州北西部にあるこの町は、アメリカを代表する大きなガラス会社と、それに付随した世界的規模を誇るガラスの博物館のおかげで、人口数万の小都市ながら、技術提携先の世界中の国々から集まった研究者やビジネスマンが多く住んでいたのでかなり国際的な地域だった。

私が働いていた国際部では今思い出せる限りでも、パキスタン人、ベルギー人、ドイツ人、フランス人、インド人、イラン人、エジプト人などがいた。そこで一年間働き大学へ戻った私は、図書館でアルバイトをして黒人司書のヒギンズ夫人に出会い、親切にしてもらった。ジョアンは彼女の親戚の子で夏休みにコーニングへ来ていて私も会う機会を得た。私と同じく働きながら大学をつづけていて、がっしりした体つきで、黒い瞳がきらきら輝く、ちょっと男の子のような活発で、よく気が付く賢い子だった。私たちはすぐ仲良しになり、彼女がニューヨークに戻ってからも付き合いはつづいた。

その後、私が急にニューヨークへ出て行くことになり、どこに住んでいいかわからず困っていたとき、ジョアンは両親に話して私を下宿させてくれる許可を得てくれた。あとでわかったことだが、彼らは知らない者に対しては非常に警戒心が強く、やたらに人を家に招くことさえしなかったという。私の友人がニューヨークへ出てきて一晩だけ泊まらせてと電話してきたが、アンダーソン夫人からは決して許可がおりなかった。そんな中で顔を見たこともない私を下宿させてくれたのは例外中の例外だったと後にジョアンから聞いた。

私はヒギンズ夫人の人に対するやさしさと仕事に対するまじめさ、厳しさ、聡明さをとても尊敬していたし、ジョアンのしっかりしたところもおおいに頼りにしていた。もちろん彼らは黒人だということも承知していた。しかし白人のワーナー氏やマーチン氏たちがアメリカ人なら、アンダーソン家の人々やヒギンズ夫人も同じようにアメリカ人だと思っていた。そして私はアメリカで暮らしている東洋人《オリエンタル》だ。

ヒギンズ夫人は大学の図書館で働いていたから、マーチン氏とはとても懇意だったし、ジョアンがよく遊びに来ていたワーナー氏たちも、ジョアンとも他の留学生たちと同じに接していたし、コーニングでは誰も彼らを特別視したり、特別扱いしたりする人はいなかった。それで私は黒人もユダヤ教徒もヒンズー教徒もイスラム教徒もアメリカの国籍を持っている人はみんなアメリカ人だと思っていた。

私の親しい友人でアメリカに来て五年間、どんなにホームシックになっても日本へは帰らない人がいた。彼女はテキスタイル・デザイナーで、東洋的な繊細な絵柄を描くので会社もどんなに不況でレイオフをしても彼女を手放そうとはせず、彼女はじっと孤独に耐えてアメリカに留まり、六年目にアメリカ国籍を取得した。彼女は日本を発つときからそう考えていたそうで、私はその意志の強さと決断に感心した（私には日本の国籍を捨てるという決断はできなかった。どこに住んでいようと、根底は日本人でいたかった。日本人以外のステイタスを持ちたいとは思えなかった）。そして彼女はアメリカ人になった。私がコーニングで知り合った人たち、ニューヨークへ出てきてから会った人たちと同じアメリカ人になった。みんなアメリカに住んでいる。いろいろな人がいてそれがふつうなのだと思っていた。

「よく我慢したわね」というのは何をさして言ったのだろう。先輩はニューヨークしか知らない。

ニューヨークでは多くの異なった人種の人々がいるが、みんなそれぞれ自分たちで自然に囲いを作って暮らしているような気がする。黒人、ヒスパニック、中国系の人、日系の人、韓国系の人、フィリピン系の人、ベトナム系の人、ユダヤ系の人、アルメニア系の人、中東系の人、インド系の人など、彼らはそれぞれ自分たちのコミュニティを作り、たとえその中で暮らしていない者も自分は何系だとはっきり明確に認識して、他の〝アメリカ人〟たちの中で働き、公共の乗り物を使い、食事をしたり、買い物をしたり学校へ行く。他の人たちと一緒にいても、自分がアメリカ人であると現実的に思っていても、その生活の中で多くの時を、自分は何系だとか、自分の血は何人だと思いながら暮らしているようにみえる。

私ももちろん例外ではなかった。どこへ行っても、何をしていても、誰と一緒にいても私はオリエンタルであり、自分でもそのことをしっかり認識していた。何代にもわたってアメリカ人できた人たち、生まれたときから英語で育ってきた人たちを、自分のいる社会のことをよく把握していて世の中の不都合に臨機応変に立ち向かってゆける人たちを羨ましいと思ったこともあった。しかし決して自分が何人になりたいと思ったことはなかった。そんな無駄な空想をする暇もなかった。

アンダーソン宅はスプリングフィールド・ガーデンズ行きバスの終点にあったので、マンハッタンの職場からは二時間近くかかった。

こんな外れの外れに住むことを決めた私をニューヨークに長く住んでいる日本人の友人は、なぜ事前に住むところを相談しなかったのかと厳しく責めた。彼のようにマンハッタンの一等地にしか住んだことのない人には、この、世にも美しい名前を持った地区は、文化果つる処のように思えたのだろう。そして、そう考えるのは決してまちがってはいなかった。179th St. はジャメイカにあり、そこからさらに奥の東南の方向へ行くということは、ニューヨークの吹き溜まりのような地域を意味したのだから。

179th St. の駅前をバスが出発すると、あっというまに市街地は消え、家もないビルもない並木もない荒野のような風景が現れる。廃棄物処理場のような、何かの工事をしていて中断され、放っておかれているようなわびしい殺風景な土地の中をバスは延々と走る。散々走ってようやくもういちど住宅地が見えてくる。

そこがスプリングフィールド・ガーデンズだった。まるで砂漠の中で急にオアシスが出現したように唐突に現れるのだ。私が降りる終点は、その住宅地をどんどん奥へ入った一番奥の停留所だった。終点なので、これから町へ行く人がかならず一人か二人待っていて心強かった。あの〝荒野〟にさしかかるあたりから、ほとんどのとき乗客は私ひとりになってしまうことが多かったので、乗客に会うことは救いであった。

あのルートで記憶に残る二人の運転手がいた。ひとりは若い黒人でなかなか愛想がよく、ハンサムだったが、デートしようといつも真剣な顔をして迫ってくるので厄介だった。いちどなどは終点で降りようとするのに、ドアを開けてくれなかった。私がイエスと言うまでは開けない気だったようだ。

私は、自分は大学に行きながら働いているのだから時間がないと手短に説明し、余分なことはいっさい言わなかった。彼がドアを開けようとしなくても、決して困った顔も怒った顔もしなかった。できるだけ愛想のよい表情を保ちながら、早く誰かこのバスに乗り込んでこないかと、じっと往来を見ていた。しかしそんな時に限っていくら待っても誰も来なかった。

私は持久戦にでた。空気の流れをはかるように頃合いをみては、「開けて！」と自然体を装ってやわらかく言った。何回か繰り返して彼はやっと諦めたようにドアのレバーを引いた。私は注意深く、しかし平静を装っていつものようにステップを下りた。そして最後に「サンキュウ、バイバーイ！」と挨拶した。こうしておけば次に彼のバスに乗るとき、敵対関係にならずにすむと思ったからであった。それからも彼は懲りずに誘ってきたが、ドアを開けてくれないようなことは二度としなかった。

もうひとりは若い白人の運転手で、古いレコードを集めるのが趣味だと言い、あの廃棄物処理場の山にさしかかると、ちょっとごめんとバスを止め、その山の中に古いレコード盤がないか探しに行くのだった。

どうしてそんなことができたかというと、その辺りにさしかかる頃にはたいてい乗客は私ひとりになってしまうので、許可は私に求めればいいだけだった。帰宅時なので私も別に急いではいなかったし、彼のレコード収集の話はとてもおもしろかったので、文句を言う必要はまったくなかった。彼は自分の趣味に没頭していて、このルートはゴミの山がたくさんあるからここを担当するよう会社に頼んだそうで、ビートルズの古い盤など、もうかなり珍しいものを見つけたと嬉しそうに話していた。

この男はハンサムではなかったが、いくら話をしても、自分の趣味のことに終始し、他人に聞いてもらうのが嬉しいようで、私たちは話の合う仲間のようにおしゃべりが尽きることはなかった。それで私は彼のバスに乗ることに何の抵抗も感じなかった。彼は決して私のプライバシーについて聞いてくることはなかった。聞かれたことといえば日本のレコードや音楽事情だけであった。

バスに乗り換えるために地下鉄の駅を上がって、通りに出たところにピザ屋があった。

丸くカウンターがめぐらされ、屋根もあり、その中で二、三人の白いコック服を着た男たちが、宙を舞うように片手でピザ生地を放り上げては大きく伸ばしてゆく。よく落とさないものだ、よく破れないものだと感心しながら私はいつも見とれていた。あの大きなピザが入る大きなオーブンがあって、焼きあがると中央にあるテーブルに移して、ピザ用カッターで切り分け、一切れずつ油紙に包んで渡してくれる。焼きたてはおいしかった。マンハッタンからの〝長旅〟で空腹を感じているときはよくそこで立ち食いをした。

いつもとても繁盛していて、ジョアンと一緒のときなどはかならずといっていいほど食べた。代金を払ってピザを受け取るまでの短い時間に、おしゃべりなイタリア人の男たちは、強いイタリア訛りの英語で話しかけてきた。その中にひとり、並外れておしゃべりな男がいた。その男はいつも私を見るとかならず握手を求めてきた。その握手に応じなければピザはもらえそうにない雰囲気であった。一言でもおいしかったなどと言うものなら、百言も返ってきて、付き合っているとバスに乗り遅れそうになるので極力こちらからは話しかけることはせず、私はおいしいと言う代わりに何を言われても愛想笑いをしてごまかした。

ある時彼は片方の手が全部隠れるほど厚く包帯を巻いて店にいた。私はひそかに、ああこれで今日は握手をせずにすむと思ったが、彼はさっとその包帯の手を差し出してきた。どうしたの？　ときくと、ピザを切り分けていたとき、勢いあまってピザを押さえていた自分の手まで切ってしまったとのこと。きっと誰かすてきな人にでも見とれていたのだろうとおかしかったが、まあ、お気の毒に、早くよくなるといいわね、と社交辞令的に言うと、彼は感激してもういちど握手を求めてきた。

その後やっと開放されピザ屋を背にして歩きはじめたとたん、ジョアンと私は体をよじるようにくっくと笑いはじめ、十歩ほどゆくまでにジョアンはこらえきれずに声を上げて笑いだした。あのピザ屋に気の毒だと思いながら、私も笑いが止まらなかった。

アンダーソン家には物干し場がなかったので（あったかもしれないが、庭にはあのセパード犬がいて出られなかった）、シーツ類はランドリーに出した。近くにアンダーソン夫人の気に入りのチャイニーズ・ランドリーがあった。初老の（または中年の終わりくらいの）痩せた、しかし筋肉と骨格は一級品の男がひとりで働いていた。何曜日に行っても彼は、裸電球を下げた薄暗い仕事場で、蒸気に包まれながら、天井からコードを引っ張ったアイロンを忙しく動かしていた。

ハーイと言って私が入ってゆくと、ヘーイと返事はするがほとんど目を上げずに仕事をつづけた。しかし少なくとも私がアジア人であることには気づいていて、時々、ほんの時々とても短い会話をした記憶があるが、何を話したかはもう覚えていない。今思い出しても、あの男はまだあそこにいて三十数年前と同じように、寒い季節でさえも汗みどろで、着古して黄ばんだTシャツ一枚でアイロンをかけつづけているのではないかと思えてくる。

私がシモングの谷間にある町コーニングからニューヨークへ移ることになったのは就職のためであった。私はコーニングが大好きで他の地へ動く気はまったくなかったが、日本の会社が日本語と英語ができて、働いた経験もある私を雇いたいと言ってきたためと、クイーンズ・カレッジに編入できたためであった。

コーニングで親しく相談にのってもらっていた人たちにそろって、あなたはこの谷に埋もれているべきではない、ニューヨークへ行ってもっと広い世界に身を置いてみるべきだ、これはまたとないチャンスだ、と言われたことも、私の背中を押すことになった。先に会社がきまり、次に大学が決まった。第三は住むところだった。ちょうどその頃休暇でコーニングを訪れていたジョアンと知り合ったのだ。私がニューヨークへ行くので住むところを探していると言うと彼女は、ちょうど弟が結婚して家を出たので、彼の部屋があいているからいらっしゃいと言ってくれた。

のんきなことにそこへ行くまで私はスプリングフィールド・ガーデンズというところがニューヨークのどの辺りにあるのかまったく知らなかった。当時すでにアメリカの航空業界は不況がはじまっていて大再編が起こっており、小さな航空会社はよくストライキをしていた。当時コーニングに乗り入れていた唯一のモホーク航空も同様で、私はバスで五時間半かけてニューヨークへ向かわなければならなかった。

ニューヨークのバス・ターミナルにジョアンとベラが迎えに来てくれて、荷物を手伝ってくれ、地下鉄を乗り継ぎ、スプリングフィールド・ガーデンズに着いた。興奮していた私は、そこがマンハッタンからどれほど遠くなのかまったくわからなかった。ずっと後に地図で見つけるまでは。会社の日本人からは、何であんなところにと驚かれたが、日本で通勤に二時間近くかかるのは普通であったから、私は何とも思わなかった。

アンダーソン一家は暖かく私を迎えてくれた。お父さんは背が高く、精悍な体つきの人で、いつも大きな声で、"Mornin'!" "Good after!" と言うので、こういうアイサツもあるのだとおもしろかった。

お母さんの末の妹のベラも同居していたし、元海兵隊で日本に駐留していたという、がっしりした体格の、お父さんの弟、ビリー叔父さんもよく遊びに来て、私にはわからない日本語をしゃべったし、ジョアンの弟もときどきやってきた。彼は一家の一番下の子なので、いつもみんなに半分可愛がられ、半分からかわれていて、おとなしく、少しシャイな若者だった。それでも姉のジョアンより先に結婚して、最初の子供も生まれ、立派に一家をなしていた。人生の決め時がジョアンとは異なっているのだろう。

みんないい人たちばかりだったが、コーニングのいい人たちとはだいぶ印象が異なっていた。彼らはたいへん厳しい環境で揉まれながら生きているという感じがした。とても明るいし、親切に接してくれるけれど、まず自分たちの生活をしっかり守らなければならないという姿勢があった。そんなたいへんな中で、飛び入りの私をよく受け入れてくれたと感謝している。

ジョアンは働きながら大学を出て、大学院にも進み、経済か経営の修士号を取得し、ずっと勤めていた銀行で逢うたびに昇進していった。ジョアンは私より若い。でも今は孫もいて、おばあさんかもしれない。

（二〇〇九年）

16
K

古いアパートだった。戦前の建築だと聞いたが、そのかわりしっかりした建物だった。

新しいアパートの友人を訪ねたとき、隣の部屋の人が帰宅すると、鍵を開けて入ってくる音から、部屋を横切ってテレビのところへ歩いてゆく靴音、そしてテレビのスイッチを入れ、鍵をテーブルの上に放り出す音まで、手にとるようによく聞こえてきて、思わずみんなで吹き出してしまったことがあった。その友人は最近の新築アパートはみんなこんなだと言っていたが、私のいたところは隣人の音はほとんど聞こえてこなかった。

騒音よりも臭いで悩まされたことがあった。右隣の部屋の女性でたくさん猫を飼っていた人が癌になり、放射線治療のため嗅覚がきかなくなった。体がきついので掃除をまったくしない日々がつづき、猫の排泄物でひどい臭いになり、それが私の部屋にも伝わってくるようになった。最初は何の臭いかわからなかったが、管理人にきいてわかった。それで私は彼女に手紙を書き、「私はこの臭いと共に眠りにつき、この臭いと共に目覚めるのです」と窮状を訴えた。

数日後彼女から返信がきて、詫びと彼女の実状がしるされていた。「治療のために嗅覚が麻痺して、自分ではなにも気がつかなかったので許してほしい。できるだけ気をつけて掃除をするから」と。

隣人といってもいちどくらいしか見かけたことはなかったが、背の高い、がっしりした体格の人で、長い金髪だった。名前も知らない人だが、彼女がひとりで薄暗い部屋の中で、病と闘いながらたくさんの猫と寝起きしている姿を想像し気の毒に思った。悪臭はなかなかおさまらなかったが、しばらくして次第にうすくなっていった。

あとで、彼女はすべての猫を処分したと聞いた。保健所に持っていったのか、動物救護所に引き取ってもらったのかわからなかったが、ジローと暮らしていた私は、その決断をしたときの彼女の気持ちを想像して、深く同情した。それからさらに時が経って、彼女は出て行ったと聞いたが、それがどのような理由だったかは聞く勇気がなかった。

そのアパートに入居してまもなくの頃、ドアベルが鳴って開けると、髪をきれいに結い上げて、濃いワインレッドのブラウスにほぼ同じような色のロングスカートをはいたグリフィン夫人が満面の笑みをたたえて立っていた（彼女一家は四階に住んでいて、私の友人一家と親しかったので、引っ越す前から紹介されていた）。

彼女の人の好さ、思いやりの深さはたとえようもなく、私は認知症になっても忘れないつもりだ。彼女が心優しい人だということを十分知った上で、私はいつも頼りにし、甘えた。一方私が彼女にしてあげたことは二つだけで、ひとつはご主人の出張中に彼の車が駐車場からなくなり警察を呼んだとき、彼女は緊張して自分の住所さえちゃんと言えず、代わりに私が全部の質問に答えたこと。そのときはとても感謝された。

もうひとつはときどきマッサージをしてあげたこと。頑張り屋の彼女は細身の体でめいっぱいやるので、いつもひどい肩こりをしていた。それでときどき彼女の部屋にいき、ソファにうつ伏せになった彼女の肩、背中、腰、足を一時間以上かけてマッサージした（私は三歳の頃から〝おばあちゃん〟が何人もいたので、よく肩もみをした。それでかなり年季が入っていると思っている）。

このアパートのあるフラッシングはニューヨークの中でも人種に富んだ地域で、私のいたアパートにもいろいろな人が住んでいた。中国人は、春節のときに爆竹を鳴らすが、ニューヨークでは、クリスマス頃にもよく鳴らしていた。もっとも鳴らしていたのは中国人だけではなかったようだが。私のアパートでも、そのまわりでもよく鳴った。その音は一瞬、拳銃の発射音とよく似ていて、恐ろしく思ったものだった。

ある冬の夜中過ぎ、私の部屋の隣りの裏階段で、ものすごい爆発音がした。部屋を出て裏階段をのぞくと、すごい煙でなにも見えなかった。消防を呼ぶべきかどうかと思っていると、階段をへだてた隣りのインド人一家の主人が出てきた。そして斜め前の中国人一家の主人も。三人で階段のドアを開けて踊り場を見てみたが、おそらく爆竹だろうということで、警察を呼ぶほどのことはないと結論し、それぞれ部屋に戻った。

このできごとを思い出すたびに私は考えさせられることがある。

あれほど大きな音がしたのに、見に出てきたのは、インド人、中国人、日本人だけで、アメリカ人は黒人も白人もヒスパニックもユダヤ系の人も誰ひとり出てはこなかった。みんな賢いと思った。何が起こったかわからないときに走り出ていったりはしないのだ。危険から自分を守ることの大切さをよくわかっているのだ。それに比べて私たちは、特に私は、女だてらに真っ先に飛び出してゆくなど、あきれたおバカだったかもしれない。

恐いことはいろいろあった。引っ越してきたばかりの頃、よくドアベルが鳴った。マジックアイから覗くと誰もいない。ある時、私が部屋の中からマジックアイを覗いてみると、相手も覗いていて、私と目が合うと急いで隠れた。何回もそういうことがあって、ある時に四階に住んでいる日本人家族のご主人に見にきてもらったこともあった。誰もいなかったと言われた。

掃除機の訪問販売もきた。時間はとらせないから、ちょっとだけデモンストレーションさせてとしつこく言われたが、私は決してドアを開けなかった。友人が来るときはかならず前もって電話で知らせてもらっていたので、不用意にドアを開けたことはなかった（グリフィン夫人のときはもちろん、前もって電話があった）。

いちばん困った出来事は、ごみを捨てにドアの外へ出てダッシュ・シューターに捨てて部屋へ入ろうとした時、どこから現れたかわからなかったが、よくこのアパートのあたりで会うエジプト人の若い男が寄ってきて、ほんの二、三分でいいから中へ入れてくれ、話がしたいからと詰め寄ってきたことだ。

私は内心気絶しそうなくらい恐ろしかったが、柔らかい笑みをつくり、落ち着いたふりをして、こう言った。

「申し訳ないけど、私の国では、私の部屋に入れる男は私の父か叔父だけである。それ以外の男が入れば、私は彼らに殺されなければならない。これが私の国の掟である」

彼はエジプト人でおそらくイスラム教徒だから、この事情はわかると思ったのだが、それでも彼は強引に入れてくれと繰り返した。私は譲らず、同じ理由を同じ表現と同じ口調で何度でも言いつづけた。余分なことはいっさい言わなかった。下手に言えば彼が言葉尻を捉えて、何を言うか何をするかわからなかった。私がかなり落ち着いていて、態度を変える様子がいっさいなかったので、その男はようやく諦めて去っていった。

私はすばやく中へ入り、しっかりロックした。が、震えが止まらなかった。しばらく部屋の中をうろうろしたり、ソファに坐ったりして気を落ち着けようとしたが、心の震えは止まらなかった。友人に電話して話を聞いてもらったが、それでおさまるショックではなかった。幸いなことにその男は二度と来なかった。

その後アパートの前でいちど会ったとき、私はわざと彼にハッキリした声で「ハーイ」と言った。彼はうつむいたまま私の顔は見ずに小さく「ハーイ」と言って足早に通り過ぎていった。それ以降彼の姿をみることはなかった。

父には単細胞と言われ、親しい学生には天然と言われ、自分でも不器用な人間だと思っている私が、あのときばかりはいやにアタマが冴えて、あんな言い訳をすらすらと思いついた。このことを誰も褒めてくれなかったが、私は心ひそかに、こういう才能もあるのだと誇っている。

16Kには、どうもオリエンタルの若い女が住んでいるということは、いたずらをしようと思っている者たちにはすぐに知れていたらしい。何度もドアベルが鳴り、誰もいなかったり、隠れるのが見えたりした。

こんな状態でも私はもともと付いていた一個の鍵とドアチェーンだけではじめから終わりまで四年あまりを過ごした。他のアパートでは六つも七つも鍵をかけ、ドアチェーンは二つも三つも付けているというところが多かった。ほとんどが鍵を新しくしていた。私はなぜか鍵を新しくしようとか、もっと数を増やそうかとか、ドアチェーンをもっと頑丈なものに替えようかとは考えてもみなかった。

今考えるといつも背筋がぞっとしてくるが、それで平気で暮らしていた。帰宅すると鍵が抜き取られていて、ゴミくずが詰められていたとか、道具箱をもった男が出てきたとか（その中に盗んだ宝石などが入っていた）、不用意にドアを開けて強盗・強姦などの被害に遭ったという話はたくさん聞いていたのに。これには理由があった。たくさん鍵をつけていて、火事とか、または中に悪い奴がいて、早く逃げ出さなければならないような場合、あわてて鍵やチェーンをはずせず、被害に遭ってしまうというほうが私には怖かったので、簡単にしておいたのだった。それにしても鍵くらいは新しくすべきであった。

このアパートは十六階建てで、私の部屋はその十六階にあったので、友達によく、わあ、ペントハウスじゃない！ とからかわれた。たしかに最上階であったが、古い建物だったので、よく雨漏りした。台所の天井がいちばんひどかったので、管理人に言って修理屋にきてもらった。

大柄な男でアルメニアからの移民だと言った。昔から修理工だったようではなく、仕事がかなりのろかった。そのうちに親方らしい何系かわからない浅黒い肌の中年の男が、失礼しますとも言わずにずかずか入ってきて、アルメニア人に向かって怒鳴り出した。仕事が遅い。次が待っているぞとせかした。アルメニア人は、不満そうな顔でたどたどしい英語で、"No lunch again today."と言った。親方は、そうだ、お前がのろいからだとがみがみ言いながら、また私を無視して出ていった。

移民ではない私も、そのアルメニア人をとても気の毒に思った。こういう作業はちゃんと教えてもらわないとうまくはなれないものだ。親方は安い賃金でこき使うことしか考えていないのだ。No lunch ではかわいそうだと思い、なにか食べてもらえるものはないかと思ったが、あいにく出せるようなものは何もなかった。それで私は、No lunch は気の毒だけれど、せめてこれで"Have a good lunch!"と言って少しはずんだチップを渡した。彼ははじめて、とても嬉しそうな顔をした。

天井にパテを塗りながら、ソファで教科書を読んでいる私に何を勉強しているのかと聞いてきた。私は“art history”と答えた。すると彼は、“Why art? Why not medicine or law? Art makes no money. Medicine or law makes lots of money!”と言ってきた。私はぎゃふんと思った。彼の言うとおりだ。返す言葉はなかった。それでもなにか言わなければと、“Because I'm interested in art history.”と言ってみたが、彼には通じなかった（英語がではなく、私の主張が）。彼は私をできそこないだと思ったかもしれない。

彼の言ったことは今も忘れられない。当時授業でも先生に、art historyなどを専攻して容易に仕事が見つかると思うなと言われていた。美術史を置いている大学は少なく、美術館の雇用は限られていると。

でも私はあまり気にしなかった。この国で日本語ができて、漢字も読めれば、東洋美術に力を入れている美術館のどこかに就職できるだろうと考えていた。それから数年後に私は家庭の事情で帰国を余儀なくされたが、このアルメニア人の言葉を思い知るのは、むしろ帰国後であった。

幸い私は大学の教師になることができたが、担当は英語で、美術史を教えることはなかった。論文はどうにか美術史に関するテーマで書いてきたが、英語経験のおかげで私は今日まで生活してきたのであって、美術史のおかげはうすいようだ。

アルメニアからの移民は当時かなり多く、特殊技能を持たず、英語も堪能でない人たちは、他の移民同様ビルの掃除や下請けの手伝いなど、低い賃金で長時間働かされる仕事につきながらアメリカでの生活をスタートさせるしかなかった。そんなひとりの修理屋から言われた一言は、年を経るにつれて忘れがたく思い出され、授業でも話したことがある。

アルメニア人の修理屋は思いがけず、こんな頼りない学問をしている東洋人の学生からたくさんチップをもらい、上機嫌で帰っていった。あとで見ると天井のパテの塗り方はごつごつで、許されるなら私がやり直したいようであった。ただ、自分が何気なく発した質問をこれほど真剣に考えつづけている者がいることを彼が知ることは永遠にない。

キミのアパートはどこかと聞かれるとかならず、ただ16Kと答えた。みんな笑った。住所は絶対教えてくれないのね、と。そうなの、と私も笑って答えた。

あのアパートには四年半くらい住んだ。偶然見つけたアパートだったが、多くの友人を得た。殺伐としたニューヨークの生活の中で、私はいつも助けてもらえる人がいた。

体調を崩すといつもグリフィン夫人に電話した。彼女はレモンとハチミツ入りのホットジュースなどをもって、かならず見舞いにきてくれた。じゅうたんなどかさばる買い物をする時はいつも山田さんのご主人が車を出してくれた。断水の時は、隣りの立派なアパートに住んでいる会社の人がやかんや大鍋をもってきてくれたし、グリフィンさんは夜学で帰りの遅い私の分だといってやかんいっぱいの水をとっておいてくれた。

五階に犬五匹、猫五匹と住んでいたロズは、私の飼っていたジローが交通事故に遭ったとき、すぐ飛んできて診察してくれて、大丈夫と言ってくれた。そのジローが歯の抜け替わる時期になんでもかじるようになり、あるとき電話のコードの送信線を噛み切ってしまい通話ができなくなったとき、向かいの部屋の黒人の奥さんが自分の部屋に入れてくれて、電話を使わせてくれた。ふだんからとても用心深い人だったので、私はいたく感激した。

ジローが生後三ヶ月のとき、予防注射につれていくのでビーチタオルにくるんだジローを抱いてエレベーターに乗った（ニューヨークの十一月はもう完全に冬だった）。途

16 K

中で乗ってきたヒスパニックのおばあさんが、赤ん坊だと思って私ににっこり微笑みかけてきた。私はタオルの端をめくって中を見せた。真っ黒なジローが真っ黒な目で見上げていた。驚きもせずそのおばあさんはさらににっこりして、"pepita!" と言った。私は "pepito" と返した。彼女は "Oh, pepito!" とやさしくなぞった。

人種のるつぼと言われるニューヨークのような大都会には、おそろしい人もいるし、さもしい人もいるし、完全自己中心主義の人もいるが、一所懸命働いて、一所懸命暮らして、なお他を思いやる心のやさしさを失うことなく生きてゆける人の方が絶対的に多いのではないかと思えてくる。

私は昼働いて、夜は大学に行って、夜中に勉強して、睡眠は三時間という生活をしていた。あの頃の体力はもうないし、あのような生活をもういちどしたいとは思わないが、あの頃に受けた人の心のあたたかさは忘れない。生きている限り忘れられない。

（二〇〇八年）

赤い縁取りをした紺色の靴

——グスティーナ・スカーリアの思い出

あの年の秋の終わりに私が例年の通り海外用の卓上カレンダーを彼女に送ったのはよかった。日本的意匠に祝日はいっさい入っていないあの小さな卓上カレンダーは、机の上の少ないスペースにちょっと置けるので便利だと、なかなか評判がよく喜ばれるので毎年何人かに送っていた。

ドクター・スカーリアもそのひとりだった。あの年もし送り損ねていたりしたら私はおそらく永久に彼女の死を知ることはなかっただろうと思う。

あの頃、郵便受けかドアに何らかの notice があったか、郵便配達夫が記憶していたのかわからないが、戻されてきた小さな包みには手書きで DECEASED と書かれ、その文字を目立つようにしっかりと同じフェルトペンで囲ってあった。そして彼女の名前と住所は網目のように双方向の斜線で塗りつぶされていた。それは彼女がもうここには住んでおらず、すでにこの世にはいないということをはっきりと示すものであった。私はすぐ何人か彼女を知っている人に電話したが、誰にも繋がらなかった。ながいこと連絡を取り合っていなかったので、みんなもう昔のところにはいなくなってしまったのだ。

私があの年の暮れに新しい年のカレンダーを彼女に送らなければ、さらに何年も、もしかしたら永久に彼女の死を知ることはなかっただろう。おそらく次の年にまた送ったとしても、ただ「宛先人不明」で戻ってくるだけで、もう理由はわからなかったと思う。アパートの部屋番号が違っていたというだけの理由でロスアンゼルスから日本へ返送された小包もあったのに、この小さな卓上カレンダーの包みにDECEASEDと手書きで一言書いて返送してくれた郵便配達夫に感謝だ。

そうしてグスティーナ・スカーリアは私の思い出の中に入っていった。日本の絵巻物を見るとき、桜餅を食べようとするとき、鮮やかな赤い靴を見るとき、彼女が送ってくれた画集の背表紙を本棚に見るとき、私は彼女の、昔のイタリア貴婦人を思わせる色白の美しく整った顔と同時に、あの少しハスキーな、少し気取ったような話し声を思い出す。

彼女は授業においても、研究室でも同僚に対しても親しい学生に対しても、いつも同じ姿勢で接していた。丁寧な言葉遣い、やさしいスマイル、アメリカ人らしくないマナーなど。彼女ははじめから私のことをMiss Takahashiと呼び、手紙もかならずDear Miss Takahashiではじまっていた。何度もYoshiでいいですと言い、ようやくそうなったが、最後の方ではまたもとに戻ってしまった。クリスマスに送ってくれるプレゼントの本が重複するようになったのと同じくらいの時期であった。

北方ルネッサンスが第一専攻のドクター・スカーリアは第二専攻が東洋美術史だったので、日本にも留学経験があり、日本文化に詳しかった。クイーンズ・カレッジでは中国美術史も教えていた。私もクラスで巻物の扱い方を教わった。私が両手でいっぱいに広げて見ようとすると、"Oh no, Miss Takahashi"と言ってとんできて、本を開くときと同じくらいの幅しかいちどに開いてはならないと言われた。

そのころロングアイランドに榮太樓が工場を作り、日本食品店がその製品を置くようになった。春の桜餅、初夏の柏餅、道明寺、大福などがあり、ときどき先生にもっていった。彼女はとても喜んで満面に笑みをたたえて、桜餅に葉っぱごとぱくっと喰らいついた。私はびっくりして、あっ、葉は食べない方がと言うと、彼女はにっこり笑って、あら、桜餅は葉っぱごと食べるものよ。香りがなんともいえないのよと言いながら、あっというまに口に入れてしまった。あとで日本人の知人に聞いて、彼女のような食べ方は「つう」なのだと知った。

コーニングからニューヨークへ移ってまもなくの頃、私はワシントンのフリアギャラリーを訪ねる機会を得た。そこには日本美術品をはじめ多くの東洋美術品がところ狭しと展示されていた。日本美術の場合は、明治時代から太平洋戦争後にかけてアメリカ人が収集したもので、ほとんどがただ同然か本当にただで持ち出されたものばかりだと知り、私はこれらは日本へ返されるべきだと思い、たいへんな憤りを感じた。

このことをドクター・スカーリアに話すと、おだやかな微笑を浮かべてこう言った。

「でもね、美術館にある限り美術品は最大の care を受けて修復も保存もしっかりされているし、また、その美術館を訪れる世界中の人々に見てもらえるのだから、素晴らしいことよ」

私はぎゃふんとなった。そのことに気がつかなかった自分は何のために美術史をやっているのだろうと、おおいに自分を恥じた。しかし非合法な手段で持ち出すことにはあくまで賛同できないが。

どこで知ったかわからないが（おそらくジャパン・ソサイエティで見た小津安二郎や成瀬巳喜男の日本映画に出てきたのかもしれない）、ある時彼女から次にニューヨークへ来るときできれば折りたたみ式のハエ帳を持ってきてほしいと言われた（もう私は帰国していた）。そのとおり私は日本からそれをかかえて持っていった。

彼女はたいへん喜んでこれをローマ郊外の親戚の家にもってゆくと言っていた。彼女にはたいへん親しい親戚がローマにいて、毎年夏休みをつかって帰省しているとのことであった。私はこのハエ帳が深い緑に囲まれたローマ郊外のイタリア人の邸宅の庭に出されたテーブルの上に置かれるのを想像して、とてもロマンティックな気分になった。彼女は、庭のテーブルに食べ物を出しておくと虫が来て困るので、あれがあればとても助かると言っていた。ぱっとハエ帳を広げてテーブルをおおえば、料理もパンも飲み物も全部虫から守れるのだ。その後彼女から親戚一同感謝していると聞かされた。

家庭の事情で大学院を途中で断念して帰国しなければならなくなったとき、彼女は日本の大学院への推薦状を書いてくれた。ただ私の成績に関してひとつ問題があった。それは卒業ゼミの成績が及第すれすれだったことで、それには理由があった。

そのゼミでは自分で選んだ画家について書くことになっており、私はレオナルド・ダ・ビンチを選んだ。当時 *The Unknown Leonardo*（McGraw-Hill, 1974）という本が出て話題となっていたからだ。レオナルドは膨大な量のメモを残したが、一冊も本として出版したものはなかったと言われている。この本はそれらのメモを集めたもので、ある出版社の編集長をしていたケリー氏に頼んで何割引かで購入した分厚い大きな本だった。とても欲しい本だったので、マンハッタンのケリー宅からクイーンズの自分のアパートまで大切にかかえて、わくわくしながら持ち帰ったことを覚えている。

ゼミの先生はレオナルドには詳しく、講義にいちばん多くの時間をあてていた。しかしそれが何を意味するか、私は気がつかなかった。

先生によると、レオナルドは視覚というのは人間がもっているもっとも大切な感覚で、これに優るものはないと言っているとのこと。私は考えた。では視覚に障害のある人はどうなのだろう。感覚的に劣ると言えるのかと。視覚に障害があっても素晴らしい能力や才能を発揮している人は多いし、ふつうの人と同じように活躍する人もいる。一方、視覚が正常であるからといって、そのすべての人が期待に応えているとは限らない。よって視覚のみがという考えには賛同できかねる。聴覚も触覚も嗅覚も、そして心に感じるものも人間にとって大切な感覚ではないかというようなことを私は書いた。

担当教授は私のペーパーの内容についてはいっさいコメントせず、脚注の書き方が教えたとおりではないといって書き直さなければ受け付けないと言ってきた。当時はフルタイムで働いていたので徹夜で書き直して送り返した。「不可」は免れたが「可」であった。これは大学院へ進むには危険な成績であった。

あとからわかったことだが、彼は女性より男性に関心が強く、レオナルドの熱烈な信奉者であったそうだ。東洋からの留学生がつたない英語で自分が神のように思っているレオナルドの説に楯突いたというので、彼は完全にアタマにきてしまったのだろう。私に単位として最低限認められる成績をつけるのなら、その理由も言ってほしかった。しかし残念なことに仕事に追われていた私は、もういちど彼に会いに行くことができなかった。

私はこのペーパーをドクター・スカーリアをはじめ数人の先生に読んでもらった。どの先生も思い付きがおもしろく、よく論じられているのになぜ認められなかったか理解に苦しむと言った。でも、ゼミの先生の評価は誰も変えられない。それで、このことにいたく同情してくれたドクター・スカーリアが大学院への推薦状に、なぜこの科目でこういう成績となったかを説明しておくと言ってくれた。そのおかげで私はどうにか大学院へ進むことができた。彼女にはとても感謝している。

あの教授があのゼミの担当になって以来ここ十年間、多くの学生が苦しんできたということもあとからわかった。私はレオナルドを選ぶべきではなかった。あの教授は何十年もレオナルドを研究してきた人で、当時の駆け出しの私の知識での反論が及ぶはずがなかった。彼があまりよく知らない、もっとマイナーな人物を選んで書けばよかった。でも、「若僧」として挑戦したことは決して悪かったとは思わないが。

The Unknown Leonardo という本に魅せられて、ぜひレオナルドについて書こうと思い、普通の人が論じないようなテーマにしようと視覚論をとりあげ、反レオナルド論になってしまい、レオナルド信奉者の逆鱗に触れてしまった。私の論理の積み上げ方は稚拙であったかもしれない。それなら具体的に指摘してほしかった。ただ自分の感情だけで評価を出すというのは教師として許されざる行為であると今も思う。このことは後に自分も教師になっていつも私の頭の中にある反面教師的な経験となった。

ヨーロッパ中世の美術史の授業をとると、明けても暮れても古い聖書の飾り文字ばかり見させられ、読まされて辟易した。せめてそのクラスのペーパーは何か聖書以外のことを書きたいと担当教授に話して、アニマルスタイルについて書く許可を得た。もちろん教授には辟易したとは言わなかった。私は宗教が違うので聖書は身近な存在ではなかったのでよくわからないから、他のテーマで書くことを許してほしいと頼むと、彼は快く許可してくれた。

私はスキタイ族をはじめ遊牧民がトナカイを追ってヨーロッパ東部からシベリアまで移動してゆく間に自分たちの生活の中に存在するさまざまな動物の文様意匠を

器などに記してゆき、それが通過した各地の文化と影響しあった過程を書いた。そのとき、盗人萩（ひっつき虫）という言葉を思い出し、文化の伝播も旅人の衣服などに付いて遠くまで運ばれてゆく盗人萩のようだと書き添えた。教授はその箇所が興味深かったと言った。

このペーパーを書きながら私はアニマルスタイルにたいへん惹きつけられ、これを専攻しようかと思いドクター・スカーリアに相談すると、彼女はにこにこと笑いながらその研究をするにはソ連（当時）のレニングラード（現サンクトペテルブルグ）にあるエルミタージュ美術館に行かなければならない。そのためにはロシア語ができなければ、文献を読むこともできない。今からロシア語をはじめるのはたいへんなことだなどと話してくれた。

英語でさえたいへんなのに、この上ロシア語に挑戦するのは難しすぎるし、第一、ソ連に行って生活するのはもっと難しいことだと思い、あっさりやめてしまった。簡単に諦めるのが私の情けないところで、今でもこのことを後悔している。後によく考えてみれば、ロシア語ができなくても資料の多くは英訳が出ているし、エルミタージュおよびロシア語圏以外にも収集はあるはずだし、とにかくはじめてみれば、一歩踏み出してみればよかったと思っている。そしてこれをずっとつづけていれば、卒業ゼミであのような扱いを経験することはなかっただろう。

　私が帰国することになったときドクター・スカーリアはメトロポリタン美術館製のレプリカで、スキタイ人の意匠の金色のトナカイの小さなブローチをくれた。そのとき、あなたはあまりアクセサリーをつけないから、せめてこれをあなたのコレクションに加えてほしいと言われた。そう言われるまで私は自分がアクセサリーをあまりしない女だと思ったことはなかったので、すこしだけ反省した。

　ドクター・スカーリアはどこかイタリア貴族を思わせるノーブルで気品のある面立ちの人で、いつもきちんとお化粧をして、髪はひっつめにしてうしろでまとめ上げ、かならず凝ったデザインのクラシックなイヤリングをしていた。服装にも常に気を配っている人で、決して華やかではなかったが彼女によく似合っていた。冬、黒いコートなどを着ると、色白の彼女は非の打ちどころのないほど美しかった。

　そんな彼女があるとき赤い靴をはいているのに気がついた。それはふつうのローヒールのパンプスで、甲の部分と縁が赤であとは紺色のツートーンであった。彼女がこんなきつい赤を身につけるのは珍しかったが、なぜかあの靴は気に入っていたらしく、ニューヨークの冬は長いので、初夏から秋にかけて短靴がはける間はしばしば履いてきていた。

あの赤色は木々の葉が散って木枯らしが吹きはじめる季節の、どんよりした空気の中でひときわ美しく映った。あれはシックなワインレッドなどではなく、ひたすらに真っ赤であったことも強く印象に残るところであった。彼女はイヤリングやバッグの一部に赤をあしらったものを持っていたが、あの種の赤は他に記憶がない。素敵ですね、と言うと、"Oh, thank you, Miss Takahashi" と嬉しそうに笑った。

帰国してから私はよく彼女にクリスマスプレゼントとしてハンドバッグを送った。彼女はおしゃれにたいへん気を使う人だったから、いろいろなバッグを持って出かけるのをきっと楽しむと思ったので。しかしある年彼女から、もう一生分くらい貯まったから、もう送らなくていいと言ってきた。もっと早くに気づくべきだったと反省しながら、それからは手袋やスカーフにした。

彼女からは美術の本が送られてきた。私は自分の論文のために一九世紀アメリカ美術に関する本を頼んでいたが、イタリア美術が専門の彼女には少々厄介なリクエストであったかもしれない。それでもなかなか珍しい本を送ってきてくれた。しかし晩年には前年と同じ本が送られてくるようになり、少し記憶があいまいになってきたかなと思っていた。

私はドクター・スカーリアの年齢をとうとう知ることがなかった。はじめて会ったとき、もう五十は過ぎていたと思う。西洋人の年齢は、いくら長く住んでも、いくら長くつきあっても私には推し測れない。

職場で、あるアメリカ人の女性が自分はいくつだと思うかときいてきたことがあった。私は女性にはお世辞として十歳は若く言うべきだと考え、"around thirty"と答えた。すると彼女は急に笑い出して、どうして私の歳を知っていたのと言った。驚いたのは私の方であった。彼女は四十を超えているのではと思っていたからだ。答えに困惑した私は、何となくあなたの経歴からそのあたりかと思ったなどと説明した。

ドクター・スカーリアと私はお互いの年齢などについて話したことはなかった。彼女は私の先生で、私は彼女の学生だっただけなので、お互いに知る必要はなかったのだ。それで例の卓上カレンダーが送り返されてきたときも彼女が何歳で亡くなったか知らなかった。彼女が何歳で帰天しようと（彼女はおそらくカトリック教徒だったと思う）、自分のアパートで亡くなろうと、病院であろうと、老人施設であろうとわからなくても仕方がない。

彼女の死によって私たちのつきあいは途切れたけれど、私はずっと彼女のことを忘れることはない。もしかしたら彼女も帰天の道すがら、ふと私のことを思い出してくれることがあるかもしれない。私たちはいい友人同士であったと思う。お互いに知らないことはいっぱいあったけれど。

雪は降りつづけている。止みそうもない。

ニューヨークでは珍しくもなかったが、ここ東京では今冬はじめての雪だ。ドクター・スカーリアが亡くなったあと、あの靴は誰かが履いているだろうか。いや、古くなったからとっくに捨てられているかもしれない。

彼女は私の思い出となった。その思い出の中で、あのあざやかな赤はどこへも流されず、私の記憶の中でゆっくりと揺れている。

（二〇一〇年）

雪の日

日本海側にさんざん大雪が降って、その雪がとうとう東京にもやってきた日、私は補講をする日だった。午後からだったが、雪はまったくやむ様子もなく、朝十時頃、アメフトの選手の学生が、雪すごいですね、とメールしてきた。

私はたいへんおかしかった。彼はもしかしたら、私が高齢なので、こんな雪の中をと思ってくれたのかもしれないが、かつて私が九年間も雪国で暮らした経験があることを知らないのではないか、と。それで、雪に関しては案外平気なのヨ、とメールを返した。

予定通り調布駅で落ち合い、昨年の補講と同様パルコで米八の弁当を買い（今回は六人分）、翌日が彼の誕生日だったので、彼にケーキを選ばせ、お店でローソクとフォークをもらった。六人分の弁当もケーキも彼が持ってくれて学校へ行った。雪は降りつづけていて、道もところどころ雪かきしてないところがあった。彼は、ボクの足跡を踏んできてくださいと、先に立って歩いてくれた。その靴あとを踏んでいった。懐かしい経験だった。

昔、もう三十年も前のこと。〝本格的な雪国〟にいた頃、そこでは除雪車が間に合わないことも多く、けれど各家の前の歩道はそれぞれの家で雪かきをしなければならない規定があった。もし誰かの家の前ですべって転んで怪我をしたら、その家の人の責任となるのだった。それで夜中でも人々は表に出てスコップで熱心に雪かきをした。

私はある家の三階を借りて住んでいたので雪かきの義務はなかったが、いちどだけ、クリスマス休暇で大家さん一家が留守をしたとき、その間は私が雪かきをすると約束したことがあった。その年は雪の当たり年で、クリスマスも大雪となった。

クリスマスをワーナー家で過ごしていた私は、雪かきのために自分のアパートに戻ると、歩道から玄関まで一〇メートルもないのに、雪が深くて寄りつけなかった。今より三十歳以上若かった私は、腰までたっぷり埋まってしまうほどの雪の中をハアハア言いながら泳ぐようにかきわけて進み、玄関の前のポーチの壁に立てかけてある大きな雪かき用スコップまでやっと辿りついた。それを摑むや、がむしゃらに雪をかいたが、いくらやってもちょっとしか進まず、途方にくれた。

ながいことかかって、ようやく人ひとり通れるようなスペースを作って終わりにした。クリスマス中は私がやります、などと安請け合いをした自分を深く恥じた。約束した責任をきちんと果たすことが、これほど難しいとは思わなかった。大家さんが帰ってくるまで、どうにか毎日細々とつづけた。

その同じ年だったかどうか定かではないが、一時期私は市立病院の小児科病棟でボランティアをしていたことがあった。

係の人の面接を受け、ボランティアは濃いピンクのスモックを着せられた。ひどい色だと思ったが誰も文句は言わず、それを着ることをむしろ誇りに思っているようだった。事務室の入口にあるノートに自分の名を記入し、来た時間と帰る時間を記入するようになっていた。私は東洋人でおとなしそうに見えたらしく、最初から小児科病棟の係を頼まれた。

まず、ベテランのボランティアのおばさんが、親切に、かつ、きびきびとベッドメイキングのしかたを教えてくれた。私もやってみた。孫が何人もいることをたいへん誇らしく思っているようで、しっかりした、やさしさのこもったいいおばさんだった。

ある夕方小児科病棟へ行くと、看護婦たちが、ああ、ちょうどよかった、助かったわ、と言った。どうしたのかと思うと、その日の午後入院したばかりの赤ちゃんが、神経を昂ぶらせて泣きつづけるので、同じ病室にいる赤ちゃん全員が泣き出してしまい、手がつけられない状態になっているとのこと。看護婦さんたちは他に山ほど仕事があるため、子守だけに時間をとられてはいられなかったのだ。

それで私は十人ほどの赤ちゃんがいる部屋で、入院したばかりのその泣きの〝源〟になっている、いちばん激しく泣き叫んでいる赤ちゃんのところへ行き、ありとあらゆる手を使ってごきげんを直そうとした。英語だけでなく、日本語も使った。なぜか、「いい子ねえ、キミは」（女の子だったかもしれないが）と日本語で繰り返すと少しだけ泣き止むことがわかった。両方のおめめにいっぱい涙をためて、泣き声をあげていたお口を開いたまま、じっと私を見つめるのだった。いつもと見慣れぬ顔つきのニンゲンなので、赤ん坊ながらに好奇心をもったのかもしれない。

看護婦がすこしだけならあげてもいいと手渡していってくれた水の入った哺乳ビンをさしだすと、その子はゴクゴクと飲んだ。あれほど泣いたのだからさぞかしノドが乾いたのだろう。あまり飲ませるのも怖かったので、私は他の子の方へ行った。すると、また大声で泣き出す。そして、せっかく少し静かになっていた他の子たちも、もう眠りはじめていた子もあったのに、つられてまたまた泣きの大合唱がはじまる。私は、この〝源〟をうまく抑えられれば全員泣き止むだろうと思い、その子だけに集中してあやすことにした。この作戦は当たった。この子がようやく泣き止むと他の子たちもしだいに静かになっていった。

その頃になって、仕事が一段落した看護婦が様子を見にやってきた。ああ、今夜あなたがいてくれなかったら、私たちはどうしたらいいかわからなかったわ。本当に助かったわ、ありがとう、と何べんも礼を言われた。私もあの〝大合唱隊〟を私ひとりで眠りにつかせたというのはなかなかだったと内心思った。泣きつづける赤ん坊はどうしようもないが、あどけない顔をして、まったく無防備な姿で眠りこける赤ん坊たちは、背中に天使の羽をしまいこんでいるのではないかと思うほど愛らしかった。

ボランティアは学校が終わってからなので、いつも夕方から夜にかけてだった。ある夜、その帰りに雪がひどくて、車も通れなくなっていた。私のアパートまでは四ブロックの坂を登って行かなければならなかった。

幸いなことに親しいクラスメイトと会うことになっていて、病院の職員用通用口までやってきた彼は、俺がラッセルするからあとについておいでと言って、膝上まで沈む雪の中を一歩ずつ、慣れたやり方で坂を昇っていった。私は遅れないように彼があけてくれた足跡の穴をたどっていった。彼は何度もふりかえっては、ちゃんとついてきてるかいと声をかけて励ましてくれた。彼のやさしさが胸に染む思いだった。ずっとあとになって彼は、あの時は楽しかったと言った。私は感謝とともに、ほのかに、ふるえるようにゆらぐものを心に感じた。

彼も私もビンボーな学生だった。それでも彼はオンボロの古いセダンをもっていて、バケットシートではないので前にもうしろにも詰め込めるだけ人が乗れた。彼はほとんど毎日、その車を運転して私たち留学生を自分の家から近い順に拾って学校まで乗せていってくれた。私たちは彼を〝私たちのスクールバス・ドライバー〟と呼んだ。冬の長い地方だったので寒い日にこのサービスはたいへんありがたかった。

ダウンタウンから山の上のカレッジまで広い一本道が通っていて、その通りの角、角に教科書をかかえて立っていると、大学の教職員や学生や大学の近くの住人たちが自分の車を停めて乗せていってくれた。春秋の快い季節は歩いていったが、冬はその通りまでの数ブロックを歩いて立って待っていると凍えそうになるのでとても助かった。ワーナー氏は知らない人の車には乗らないほうがいいと言ったが、私は毎日この風景を見ていたので、坂の途中なのにわざわざ車を停めて乗せてくれる人たちを疑う気にはなれなかった。それで毎日のように彼らの好意を受けていた。

ある秋の日（あとで十月の最初の水曜日だったと私は主張したのだが、絶対の自信があるわけではない）、うす闇の中で、いつものとおり通りの角に立っていると、停まってくれる人がいた。礼を言って乗り込むと、学生というより社会人にもみえる男だった。とても人当たりがよくきさくに話しかけてくる。私はこの地方の典型的な田舎の人だと思った。

カレッジに着くと彼は、これからはキミのアパートまで毎日迎えにいってあげると言った。私は素直に礼を言って受けた。あまりに人のいい男に思えたので、警戒心はまったく持たなかった。

それから私がカレッジへ行く日にはかならず、私が間借りしていた家の前に、約束の時間より少し早く来て車の中で待っていてくれた。ときどき私が遅れて詫びを言うと、大丈夫、本を読んでいたから、といつも言った。

そうして私を通して彼は大勢の留学生を知ることになった。彼は自分が生まれ育ったところしか知らない田舎人間ではあったが、外国人、外国文化のような〝異物〟を何のためらいもなく自然に受け入れるところがあった。珍しいからといって大げさに驚いてみせたりすることはなかった。へーえ、おもしろいなどと言って、すんなり私たちの異文化の世界へ入ってくるのだ。

気がつくと私は彼と一緒にいて、彼はアメリカ人で私は日本人だというふうに意識しなくなっていた。私たちふたりは神が創造したひとりの男とひとりの女として、ともにカレッジで授業を受け、図書館へ行き、コモンズ（学生ホール）で昼食を食べ、初夏になれば青々とした芝生に寝転んでおしゃべりをつづけた。

彼の家族で大学まで進んだのは彼だけで、彼は生活費も学費も自分で働いて稼がなければならなかった。それでいつもポケットにはほとんどお金が入っていなかった。休み時間にコーヒーを飲もうと誘って一緒に来るが自分では買わなかった。昼食時も、コモンズで一緒のテーブルについても何も注文しなかった。その間家に戻れば何か食べるものはあったろうが、彼は友達と一緒にいたいからと帰らなかった。

それであるとき私は彼の分もサンドイッチを作ってもっていった。けれど彼は、キミがボクを養う必要はないと言って、どうしても食べてくれなかった。一緒にいるとよく彼のお腹がぐうーっと鳴るのが聞こえた。

私は策略を練った。変にプライドの高い彼にどうやったら食べさせられるかと。コモンズへ行くと私は皿に盛ったフレンチフライやエビのから揚げなど、みんなで手を伸ばしてつまめるようなものを注文した。それらをテーブルに置き、私はおしゃべりに熱中しているフリをしてほとんど食べなかった。

昼休みが終わりそうになる頃、彼は食べないの？　もう授業だよと言ってくる。私はこれ以上食べたくないと言う。すると彼はじゃあ、オレが食べるよと言って、もりもり食べる。私は心の中でシメタと思った。その時から空腹をかかえるのは私の番になった。夕方アパートへ帰り着くとパンやチーズやそのまま食べられる缶詰をあけて夢中で食べることになった。

次はコーヒーであった。彼は大のコーヒー党であったが、これもふたつ買うと言うとかならずオレはいらない、飲みたくないとソッポを向いて言う。しかたなく一杯だけ買って、ひとくちだけ飲んで近くの窓際に置いておく。しばらくすると彼が、キミのコーヒーはさめちゃうよと言ってくる。そして私はもういらないと言う。すると彼は、じゃあオレが飲んじゃうと言ってうまそうにすする。私は心の中でクスクスと笑った。簡単にひっかかるヤツだと。

卒業後十五年以上経って再渡米したとき、彼がロチェスターの空港まで迎えに来てくれて、コーニングへ向かう途中の小さな町で食事をした。迎えに来てくれたのだから私が支払おうとすると、彼はどっしりとイスにかけたまま、いいよ、オレにまかせてと私を制した。そして慣れた手つきでカードを出して払った。私は彼がサインするのを頼もしく見守った。

その数年後、こんどは彼が仕事で来日した。滞在期間が短かったので空港へ行くのに便利な宿をとってあげた。そこはとても高かった。その宿泊費を告げたが彼は驚きもせず、そこでいいと言った。なんとヒコーキはファーストクラスだという。

けれど国際空港に着いた彼はヨレヨレの野球帽をかぶって、ジーンズにくたびれたポロシャツという姿だった。昔のヒッピーがまちがえて国際線に乗ってやってきてしまったという感じだった。一応持ってきたけどネクタイは嫌いなんだと言った。昔は金髪だったのに半分以上白いものが混じっていた。しかし私の心の中にある彼は昔とまったく変わっていない。

彼の特技は自動車の修理とすばやくキスすることだった。どこで会ってもハーイと言うやいなやキスをする。私がまたやられたぁと思っていると、キミはキスのされかたがうまいとささやく。それでいつも怒るチャンスを失うのだった。

ここ数年彼からの連絡は途絶えている。私からもしない。最初は気がかりだったが、こうして終わってゆくのもいいと心ひそかに思いはじめている。彼は腎臓結石で苦しんでいたから、もういなくなったのかもしれないと思ったりもするが、私の心は静かなものだ。たとえ彼が先に逝っても、どうせ私もあとからゆくのだから。

東京に雪が降った日、私も学生たちも補講中何度も窓の外を見に行った。雪は音もなく深々と降りつづけ、あたりは、校舎も木々も地面も白一色となっていった。

電車が動かなくなるのを恐れて、私たちは少し早めに切り上げて帰ることにした。学生たちは私の足もとを気遣って、先生、気をつけてください、と何度も言った。それほど年寄りではないぞと心の中で思いながらも、彼らの気遣いがとても嬉しかった。

こんどは、また別のアメフトの選手で野生のトカラ牛のように体格の良い学生が、自分のあとをついてきてくださいと、先に立って雪を踏みしめていってくれた。あの雪国の雪の量に比べたら春の薄雪のようであったが、私はありがたく彼の足跡を踏んでいった。そうしながら私の心はあの時の光景の中に埋没してゆく。

私は上を見上げなかった。目を上げれば、私の夢想とは別の世界が見えてくるだろうから。しばらくのあいだ、ほんのしばらくのあいだでも、自分を遠い昔の思い出の世界に浸しておきたかった。

せめて心は……

（二〇〇六年）

壁にゆれる影

一九七〇年一月初旬、その頃私はコーニング社での一年間の契約を終え、当初の計画の通り、大学へ戻るための準備をしていた。マーチン博士が、私が大学の図書館で働けるように手配してくれたので、よく図書館へ行っていた。大学は雪国なので一月は冬休みで授業はまだなかった（その代わり、秋期授業は八月下旬からはじまっていた）。

そんなある朝（日曜日だったような記憶がある）、私のアパートの電話が鳴った。コーニング社の重役のひとりからであった。彼はいつものどっしりした低い声で、挨拶もそこそこに今朝の新聞を読んだかときいてきた。私は地方紙をとっていたが（本当はニューヨーク・タイムスやクリスチャン・サイエンスなどがほしかったが、自宅への配達はなく、ダウンタウンのたばこ屋まで取りにいかなければならなかったので、仕方なく地方紙をとっていた）、大学は冬休みだし、のんびりしていてまだ読んでいなかった。

私は、まだです、と言った。すると彼は、日本の会社から研修に来ていた男性が"commited suicide"と言った。日本の会社とは日本の大手ガラス・メーカーとコーニング社が作った合弁会社のことで、私は二人の日本人社員が研修で到着したということは数日前に聞いていた。

"commit suicide"という意味は知っていたが、私は確認のために"Is he dead?"ときいた。すると彼は呆れたように、"Oh, Yoshi, commited means he is no longer alive!"と言った。このときはじめてcommitedという過去形を使ったら、その人はもうこの世にはいなくなったという意味で、その人の生存について、どんな希望も期待も存在しえないのだということを知った。

私の質問は、たとえ意識がなくともまだ完全に亡くなってはいないという、いちるの望みから出たものであった。こんな寂しい町で、日本を遠く離れて死んでしまうのはちょっと侘びしすぎるのではないか。つぎに彼が私に頼んだことは、亡くなった人の夫人が日本から到着するので、アメリカに滞在中ずっと一緒につきそってほしいということだった。やります、と即答した。

その日の午後、彼が私のアパートの前に車で来てくれて、私は着替えを少し入れたバッグを持ち、家の脇の雪が凍った通路を走っていった。私が迎えに来てくれてありがとう、と言い終わる前に彼は、凍ったところを走るんじゃないと恐いほどまじめな顔をして言った。そんなときに転んで骨折するケースが多々あるとのこと。仕事がはじまる前から叱られてしまった。私は、忙しい彼を一分でも長く待たせないようにと思っただけなのに。ふだんはグズといわれるのに、そういう時ばかりはせっかちになるので、彼が迎えに来てくれるたびに走っては怒られた（ちなみに私はいちども滑らなかったが）。

夫人は日本の合弁会社の男性社員につきそわれて到着した。われわれは皆で空港で迎え、以来約一週間、私はすべてを夫人と行動を共にした。

皆が恐れていたのは、夫人が夫の後を追うのではないかということであった。彼女はA４の紙封筒いっぱいの睡眠薬を持参しており、会社の人は、もし大量に飲もうとしたら取っ組み合いになってでも阻止してください、そして大声で（向かいの部屋にいる）私を呼んでくださいと言った。

私は眠ることにも、トイレに行くことにも、風呂に入ることにも気をつけていなければならなかった。彼女が風呂に入るとき、ご覧のとおりこの風呂場には窓がありませんので、換気のために少しだけドアを開けておくといいと思います、私は覗いたりしませんからと言うと、彼女はたいへん素直な人で、はい、と言って私の言ったとおりにしてくれた（バスルームは点灯すればすぐファンが回って換気するようになっていたのだが）。

彼女が中に入っている間、私はドアのそばでじっと聞き耳をたてていた。お湯を流す音が止まったり静かになったりすると、とても心配だった。けれど少しだけ開けたドアのおかげで中の様子がなんとなくわかったし、万一、いざというときにはドアを全開して飛び込めるので助かった。

つぎは明かりだった。全部消したら、彼女が何をしているか全然見えない。それで私は、夜トイレに行くときのために、ひとつだけスタンドの明かりをつけておきましょう、と提案した。素直にまた、はい、と言ってくれた。彼女は突然のできごとでショックのせいか、ほとんどしゃべらなかったので、何を考えているかまったくわからなかった。私は眠らないことにした。しばらくして彼女の寝息がかすかに聞こえてきた。よかった、少しでも眠ってくれれば。私はついうとうとしてしまい、はっと目を覚ますの繰り返しで朝になった。

私の役割は彼女の〝見張り〟だけではなかった。コーニング社の人たちとの折衝、葬儀の相談、招待された家庭への訪問など、目のまわる忙しさだった。夫人への同情からか、是非お慰めしたいとの招待をたくさんいただいた。彼女に話すと気丈にも、できるだけ多くのご招待をお受けしたいと思います、という答えが返ってきた。

私たちはほとんど断らず、一日を何度かに分けて招かれていった。通訳は私。たいへんなスケジュールであったが、あとになって考えてみると、あのようにして、会社関係の人たちだけでなく、アメリカの中で歴史の古い小さな田舎町に暮らす普通の家庭に招かれて、それぞれ会話を交わしたことは夫人の精神状態を和らげ、また日本から遠く離れたところにこんなにも人々の暮らしがあるのだと実際に触れてもらったことも、これから厳しい人生を送らなければならない夫人にとって大切な思い出として、いくばくかの励ましになったと思う。

こんなことに遭遇しなければならなかった悲劇の人を、すすんで精一杯慰めようと招いてくれた人々はありがたい存在であった。夫人はその後幼稚園で働き、二人のお子さんを育て上げた。ふたりとも大学を出て職に就き、のちに結婚した。その頃までの数十年間、私たちは折にふれ文通した。

夫人はニューヨークを発つとき、持っていった睡眠薬はとうとう一錠も飲まなかったと言った。ふたりで心から笑った。私はもしかしたら夫人より喜んだかもしれない。


あの年は近年にない大雪の冬だった。到着した夫人と共に私たちは葬儀屋に行った。ご主人のご遺体は美しいたくさんの花にうずまるようにして安置されていた。部屋の入口で、係の人がどうぞ中へと夫人を招きいれた。二、三歩いったところで夫人はそれ以上動けなくなってしまった。皆さん、どうぞいらしてくださいと哀願するように言った。私たちは彼女が夫とふたりだけで最後の別れを交わしたいだろうと控えの間に残ったのだが、彼女に言われてあわてて両脇に並んだ。私は彼女が倒れた場合を考えて、彼女のすぐうしろに立った。

それから私たちは深く積もった雪の中を片道四時間かけてシラキュースの火葬場に行った。火葬には長い時間がかかり、コーニングへ戻ったのは夜だった。そして、息つく間もなく最終便でニューヨークへ飛んだ。夜遅く、立派な日本料理店につれていってもらったが、朝早く軽い朝食をとっただけだったのでむしろ胃が収縮してしまい、おいしそうな鍋料理を前にして、ほとんど食べられなかった。このことはアメリカに暮らした間、いつも悔しく思い出された。

翌日、日本領事館でご遺骨に封印をしてもらい、夫人と付き添ってきた会社の人をニューヨーク国際空港で見送り、私はようやく解放された。もう夕方に近かった。国際空港からローカル空港のラガーディアまでは普通車で三〇分なのに、ラッシュアワーにかかって倍以上の時間がかかり、エルマイラ行きの便は出発時間になっていたが、予約していた私を待っていてくれた。古き善き時代だった。

係の人たちにお礼を言いながら私は必死にタラップを昇った。もうエネルギーの最後の一滴を使い果たした気分だった。私を載せてすぐドアが閉まり滑走路へ移動しはじめた機内の窓からすごい勢いで飛び去ってゆくニューヨークの風景を見ながら、私はこの大きな悲しみの中で、すべて順調にいったことを思わず感謝し祈った。

ラガーディア空港を発ち、北西に向かって飛んでいた機がエルマイラに近づくと、北東へ向きを変え翼を斜めにしながらどんどん高度を下げてゆく。ビッグフラッツからコーニングへつづく低い山々がくるくる回り、眼下にはルート17が見えてきて、ひっきりなしに車が走っているのが見える。工場の建物、火力発電所、とうもろこし畑、大きな木がつづく並木道、その中に見え隠れする人家、また畑……懐かしいコーニング、懐かしいシモングの谷、私はもういちど帰ってきた、と心の中で自分に報告した。

シモング・カウンティ空港には何人もの知った顔があり、私に向かってみんな笑顔であった。その中にワーナー氏とマーチン夫妻の顔が見えたのは嬉しかった。これで私が望んでいたことはすべて適えられたと思った。

私は最初、誰かの出迎えか見送りにたまたま来ていたのだろうと思った。やがて、私を囲んだ笑顔は全部私に向けられていたことがわかった。みんな〝任務〟を果たして帰省した私を出迎えるために、夕方の多忙な時間をやりくりして空港まで来てくれたのだった。コーニング社の重役（名前が思い出せない）もいて、労いと感謝のことばを言ってくれた。いつもがらんとしている田舎の空港が、ごったがえしているような感じだった。

すべての人に挨拶がすんで、どの人の車に乗せてもらえばいいのかと思っているとワーナー氏が近寄ってきて、今夜はうちで食事をすることになっているから、さあ行こうと言った。ワーナー夫人はその仕度で来られなかったとのこと。他の人たちも私がワーナー家へ行くことを承知しているようだった。ワーナー氏の車に私が乗るところまでみんな来てくれて、見送ってくれた。こんなに多くの人が今回のできごとを応援してくれていたのかと思うと、驚くと共にありがたかったし、少し不思議な気がした。

ワーナー氏の車でワタウガ通りのお宅へ着き、ワーナー氏がドアを開け、私を先に入れてくれた。その瞬間、リビングの奥から〝ハッピー・バースデー〟の合唱が起こった。私はびっくりしてそちらを見た。ケニア、インド、日本、ホンコン、イランなどからの留学生たちと、台所からフライ返しを片手に持ったままかけつけたワーナー夫人がにこにこしながら大声で歌っている。

“……dear Yoshi”というところで、まあ、私のために、とやっと気がついた。ハードスケジュールと神経を酷使した毎日ですっかり忘れていた。それを忘れずにいてくれて、こんなにすばらしいパーティーを準備していてくれたワーナー夫妻と、集まってくれた留学生たちにお礼のことばもなかった。きっとディナーもデザートもたらふく食べて、誕生日のプレゼントももらい最後に帰り際にありがとうと言ったのだろうが、その席で何を話し何を食べ、何をプレゼントにもらったかなど、何も覚えていない。記憶力抜群のワーナー夫人なら覚えているかもしれないが、天国まで聞きに行かなければならない。

とにかくあんなにはなやかな、愛情と友情に満ち溢れた誕生会をしてもらったことは後にも先にもない。あの恐ろしい出来事の終幕に、こんな幸せのときが待っていようとは、本当にこれは wonderful surprise であった。

ディナーは楽しかった。いつも家族のように親しい留学生たちと、たえまなくおしゃべりをしながら、ワーナー夫人の手料理に舌鼓をうった。あまりに料理がおいしいと感じた瞬間、あまりにこの食卓の雰囲気が幸せに満ちていると感じた瞬間、自分はこんなに暖かい心をもった人たちに囲まれているのだと思った瞬間、胸にわっとくるものがあり、溢れようとする涙を抑えるのに必死だった。ここで私が泣き出したら、みんなの食事がまずくなる。作ってくれたワーナー夫人にも申し訳ない。みんな和気藹々と食事を楽しんでいるときに、私だけがへんな感情をあらわにしてはならない。

私は口元は笑ったままで、下を向いたまま自分の皿の料理に夢中になっているふりをして、涙を奥歯で噛み殺した。私はまだ緊張していたのだと思う。自分がリラックスすることを許さなかった。しかし、この夜みんなに囲まれて時を過ごしたのは、どんなにいいワインよりも、トランキライザーよりも私の心の疲れを癒してくれた。おかげで私は崩れなかったし、沈まなかった。今なお感謝の気持ちは褪せてはいない。

この出来事は地元の新聞に大きく報じられ、ただひとりの在住邦人である私は、大学で質問攻めにあった。しかし私は、これは亡くなった人の個人的なことであるから、決して余計なことは言わないと心に決めていたので、当たり障りのないことだけを話し、その他のことに関しては知らないとしか言わなかった。

ゴシップ好きの人たちは、大きな目で私をにらみつけるようにして、本当に知らないの？　どうして？　と迫ってきた。そういう時も私は、知りませんとまじめに答えつづけた。彼らが私が隠していることを承知しているのは明白であった。町ではこの話題でもちきりだったし、一週間以上未亡人の attend のため留守をしていた私が何も知らないのは道理が通らなかった。

マーチン博士をはじめ、私がいつも尊敬していた人たちは何もきいてこなかった。ありがたいと思ったと同時に、この姿勢を貫くことで親しくしてくれた人たちの何人かを失うことになるかもしれないが、それでも仕方がないと思った。

私が住んでいた家は三階が完全なアパートになっていて、庭の脇から木製の階段を上ってゆくと入口があった。そこはまだ二階で中へ入るとさらに階段があり三階へつづいていた。その階段を上りきると、真ん中を長い廊下が走っていて、左側に細長いリビングがあり、右側にバスルームと台所があって、廊下の突き当たりに大きな寝室があった。そこは北向きの部屋で窓があったが、カーテンはなかった。

町なかを突っ切るルート17を挟んで南側は丘になっていて、下からFirst, Second, Third Streetと東西に道が走り、次第に登ってゆく。道の南側にある家は高台となり、北側の家の窓から見られることはないので、二階以上の部屋にはほとんどの家にカーテンがなかった。

私の寝室からは、冬になって木の葉がおおかた落ちるとダウンタウンにつづく町の夜景がよく見えた。部屋の明かりを点《つ》けなくても外灯の明かりが差し込んできて、道の両側に繁る大木の枝葉の影がちらちら壁に映る。がらんとした広い部屋の中央にある大きなベッドに横になると、窓と反対側の白い壁にゆらゆらと映っている。毎晩そのゆれゆれを眺めながら、なんとなく眠りに落ちた。今思えば一種の揺りかごのような存在であった。

しかしあの晩はそうはゆかなかった。そのゆらゆらと動くシルエットが幽霊のように思えて怖くてなかなか眠れなかった。あのすばらしいパーティーのあと、自分のアパートまで送ってもらい、三階の部屋に戻ると、そこはとても静かで人の気配もぬくもりも何の音もなかった。シャワーを浴びたのか風呂に入ったのか憶えていない。

私は長い廊下の突き当たりにある寝室へいった。カーテンのない北の窓からは外灯の光が街路樹の間をとおして差し込んでいて、スタンドをわざわざ点けなくてもいいくらいだった。

寝室に入ったとたんひどい疲労感が押し寄せてきて、私はすぐ寝巻きに着替えてベッドに入った。今日一日のこと、この一週間のことが怒濤のように思い出されてきた。まったくたいへんな出来事だった。でも、終わったし、私は無事役目を果たしたし、今日の誕生日祝のディナーはとても楽しかったし、本当にありがたかった。こんなにすばらしい人たちに恵まれて何と幸せなんだろうなどと考えながら眠りにつけそうだった。

そのときふと寝室の白い壁に何か動いているような箇所があるのに気がついた。それが何であるかもちろん知っていた。しかし今夜はちがっていた。その揺れる影が何かを語りかけようとしているようで、ぞっとしてきた。眼をそらせても逃れることはできなかった。

しばらく我慢しようと努力したが、恐怖心のような嫌な感じはますます募ってくる。棺の中の亡くなられた人のお顔、荼毘に付し白い布に包まれ、領事館では税関で開封を求められないよう赤い蠟で封印された骨壺、それを大事に抱えて日本行きの飛行機のタラップを昇っていった未亡人と会社の人。つらい場面ばかりが繰り返し思い出され、私はまったく眠りにつけなかった。どうしても視線が揺れる影の方へひきつけられてしまう。

取りとめもなく浮かんでくる思い出したくない場面を消すために、とうとう私は起き上がって壁際に取り付けられたベッドからいちばん遠いランプを点けた。今度は明るくて眠れない。しかし消すわけにはゆかない。自分を騙し騙し何度も寝返りを打って、さすがに疲れの重みに潰されたのか眠ったようだった。寒い一月の夜だったのに、私は何も感じなかった。広い寝室で、大きなベッドに横になって、壁のランプと、それでもなおうしろの壁でかすかに揺れている影を見つめながら、いつの間にかようやく眠りに落ちていった。しかし、あの影はまだ私の記憶の中で揺れつづけている。何かが私に忘れないでとささやきつづけているように。

あの家は私がニューヨークへ移ってからしばらくしてムスタファ夫妻が買い取った。妻のイシュラットによると、夫のザキが彼女のために買ってくれたのだとのこと。それを私に説明するイッシュの顔が、少し恥ずかしそうに、しかし嬉しさを隠せないほど輝いていたのを思い出す。あれは彼女が幸せであった最後の頃ではなかったか。その数年後彼らは離婚したと聞いた。

あの寝室は今どうなっているだろう。あの北向きの窓がそのまま残っていれば、あの部屋の壁のどこかにあのゆれゆれ揺れる影は今夜も昔と同じように、イシュラットが最初の子を育て、私が山の上の大学でひいひい言いながら勉強していた頃と相変わらず、街路樹の影を映していることだろう。

イシュラットは七年前にこの世を去り、私はもうアメリカには住んでいない。ザキも去り、二人の子供たちも独立したので、もう誰もあの家にはいないはずだ。だからもうとうに他人のものになってしまったかもしれない。

あの家では、春になればすずらんが隣の家との境いの通路に沿ってびっしりと咲き出した。遊びに来たイタリア系アメリカ人の友人がひどく感激して、少しもらっていってもいいかしらと言うので大家さんにきくと、いくらでもどうぞと言ってくれた。友人は大喜びで摘んでいった。

すずらんが終わる頃には裏庭に淡い赤紫と純白のライラックが咲きはじめた。近づくと、いい香りがしてきた。大家さんがひと枝切ってくれたので、リビングに飾ると、部屋全体にほのかな香りが広がっていった。小説の中で読んだライラックの花に憧れをもっていたが、本物を見たのははじめてだった。それから毎年、春になるとライラックの花が咲くのが待ち遠しかった。

家自体はかなり古いもので、一、二階が大家さんの住まいで、三階が完全なアパートになっていた。私が住んだあのアパートには以前にも誰かが住んでいただろうし、私がニューヨークへ越して行ってからも誰か他の人が入ったであろう。あの壁にゆれる影はどれほど多くの人たちとつきあってきたことだろう。まったく気づかずに過ごした人もあったであろうし、あら、しゃれてるとチラッと気にとめた人もいたかもしれない。

今思い返すと、あの影はああして揺れながら、毎晩しっかりと私を見ていたような気がする。何かのパーティーから帰り、くたくたで明日の授業の予習もいいかげんに、よじ登るようにベッドにもぐりこんで、ああ、明日はたいへんだなどと疲れたアタマの片隅で思いながら崩れるように眠りに落ちてゆく私を。あの人が好き、あの人が好き、こんなに好きだったんだと、ベッドにしがみついてもう自分を制御することもかなわず、身体中を震わせていた私を。すべてが凍りついたような真冬の夜、木々の葉がすっかり落ちて視界が広がり町の夜景がクリスタルを散りばめたように輝くのを、寂しそうにじっと、いつまでも北の窓から眺めていた私を。

あの部屋で過ごした最後の夜のことなどまったく覚えていないが、その夜もあの影は壁に揺れていて、サヨナラ、Yoshiとささやきかけていたのかもしれない。

（二〇一一年）

手の抱擁

あれはあなたとの最後のドライブでしたね。

くねくねと曲がるスペンサーヒルを登りきって、それから私たちはどこへ行ったのでしょう。山の向こう側の少し開けた草原のところで車を停めて、ふと見上げると見事な満月が出ていました。あなたの坐っているすぐ上でした。

満月よ、と言うとあなたは、ああ、きれいだね、と言いました。本当にそう思っているのかどうかよくわからないような言い方で。

あのとき私たちは何を話したのでしょうね。もう深刻なことを話し合わなくていいというのは、救いでしたが、私の心は昔と同じに満たされないものでした。

あなたは、それはそれはいい人でした。やさしくて、思いやりがあって、頑固で、意志が強くて、いつもよく働いたし、よく勉強したし、何よりもよく人助けもしました。でもそれにはいつも裏があって、あなたはよく大切な約束を守りませんでした。自分で言っておいて、その約束を破るのです。

私たちがはじめて出逢った記念日を忘れないでね、何をするか考えておいてと言っておいたのに、その日になっても、その日が過ぎても何もありませんでした。ペンシルバニアの私の友人のところへ一緒に旅行すると約束しておいて、落ち合う場所へ行くと、珍しく先に来ていて、悪いけれど自分は行けないと泣きそうな顔をして言う。本当に泣かせればよかったと今では思います。

私が先にニューヨークへ出てゆくと、近くの大学へ転校したいというので、私は毎日必死で大学とアパートを探し、生活用品のリストを作るのに専念しました。でも結局あなたは来なかった。私に数々の夢をみさせて、それを全部瓦解させて、私を失望のどん底に落として、自分は何もなかったようにいつものとおりの暮らしをつづけて。

あなた、覚えていますかあの雪の夜のことを。来ると言いながら、約束の時間をいくら過ぎても現れないから、私はなんてのんきなと思い、いらいらしてリビングルームの往来を見渡せる窓のところに立ちっ放しで、あなたがやってくるはずの通りの角を監視しつづけていました。

それが二時間だったのか三時間だったのかもう覚えていないけれど、あなたは降りしきる雪の中を歩いて登ってきました。もう足も体もよれよれで、あんなに体力を消耗したあなたを後にも先にも見たことはありません。

私のいるその窓が見えるところまで来ると、あなたは顔を上げて私が立っているのを見つけると、やっと来たというように、ニコリともせずにかすかに片手をあげました。あとで聞けばあの夜あなたの車はあの大雪に勝てず動かなくなって、あなたはダウンタウンから膝までの雪をかきわけ歩いて登ってきたとのことでした。

私のアパートに着いたあなたは髪の毛もジャケットもメガネもズボンも靴も雪だらけで、私はこんなにしてまで来てくれたあなたにとても感謝の念を感じました。でも本当は感謝の念だけではなかった。それと同じくらいに強く、私は勝った！と心の中で叫んでいたような気がします。あなたが苦心惨憺して私との約束を果したことを、私は〝勝った！〟ととったのです。あのときあなたが私の心の中を覗くことがあったら、私たちのつきあいはこれほどながくつづいたはずはなかったと思います。

それにしても、あなたが破らなかった約束なんてあのことくらいではなかったかと私は思うのです。壊したのは全部あなた、実行しようとしなかったのは全部あなた、できないのなら約束などするなと私は何度も言いました。でもあなたはいつも簡単に請け合うのでした。

そんなあなたになぜ私が愛想を尽かさなかったかというと、淋しかったからです。あなたという人の存在を私の心の中にとどめておきたかったからです。いいかげんな約束しかしないあなたでも、私は思いきってサヨナラを言うことができなかった。やさしいときのあなた、私の話をいつまでも聞いていてくれる忍耐強いあなた、留学生として勉強についてゆくのがたいへんな私をいつも励ましてくれて、君ならできる、君にはできる、君をいつも尊敬しているからと言ってくれるあなたを、私の方から遠くへ押しやってしまうことはできなかったからです。

でも、時の流れというのはふしぎなものです。あなたを失うことを恐れる気持ちがしだいにうすくなっていって、もう電話さえしてこないあなたをこちらから探し出そうという気にもならなくなりました。

これは、私がとうとうあなたに愛想をつかしたというのではなく、私のあなたへの思いが燃えつきたのだと思っています。それは実に自然に静かにつきてゆきました。夏が駆け足で去っていって、秋が知らないうちに忍び寄ってきていて、心の中までしみてゆくようなひんやりした空気であたりを包もうとする頃、これであの暑さはもう過去のものになり、これからはしばらくの間気持ちのいい季節がつづくのだと、ほっとした気分になる。でもそんなときもう、あなたのいないことに気がついて心が痛むことはなくなってしまいました。

あなたが今どんなふうに暮らしているかを想像しようとしても、すぐ次の瞬間ぷっつりとその想像は終わってしまうのです。眠れない夜も、ゆったりした平安な朝の目覚めにも、ひとりで過ごす日々のあいだにもあなたを思うことを私は忘れています。

私たちはよくドライブしました。あなたは美しい田舎道を実によく知っていました。あるとき珍しい場所に行きました。数十メートル先に道がなくなり、その先には深く狭い谷間をはさんで大きな岩山が聳えていました。ここからアクセルをいっぱいに踏んでフルスピードで崖に向かって走ろうと私は提案しました。

「記憶」1

やってみましょうよ、と私は笑いながら彼をけしかけた。笑ってはいたけれど私は真剣だった。

そのまま行けば私たちの車は崖を越えて跳び、岩壁に激突して爆発炎上しながら谷へ落ちてゆくだろう。私はシートベルトなどしていなかったので、真っ先にフロントガラスを割って飛び出し岩壁にぶつかり、ばらばらになって車と一緒に燃えながら谷へ落ちていったと思う。私は車とは一緒だったが、彼と一緒ではなかったように思う。

私が死にたいと言うと、そのときは俺も一緒だなどと言いながら彼にはひどく死をおそれている気配があった。私は開拓時代の人々の墓地を見にいくのが好きだったが、彼はいつも言葉を濁して行こうとしなかった。墓地にいくのはあまり好きじゃない。あそこは死んだ人たちが埋まっているところだからと言ったことがあった。

私はそのとき、この人は亡くなった人たちを偲ぶという感覚がないのかと思った。偲ぶ偲ばないより、死を意味する、死を思い出させるその場所が単に怖かったのかもしれない。または私の知らない何かすごく凄惨なつらい死に出会った経験があるのかもしれなかった。

なかなか走り出さないので、私はどうしたの、とふたたびけしかけた。彼は運転席で姿勢を直すと、ようし、と言ってすごい勢いでアクセルをふかし、崖ぷちに向かって走り出したが、ぎりぎりのところでブレーキを踏んだ。

彼は無言だった。私はまだ笑っていた。

あのとき、自分が死ぬことは考えたが、彼も死ぬということをあまり考えていなかった。片手落ちであった。跳ばなかったことはよかった。死ぬのに道連れはほしくない。

「記憶」2

峠でエンジンが止まって動けなくなったトラックが立ち往生していた。彼は自分の車をそのうしろに停めると、気楽にトラックの運転手に話しかけにゆき、ふたりでどうにか動くようにした。そして、この峠を越えて無事に山の向こうのハイウェイまで行かれるか見届けなければならないので、私に彼の車を運転してあとについてきてほしいと言った。

私は国際免許をもってきていたが、ながいこと運転していなかったし、この国に来てからいちども運転したことがなかった。他に通る車もない山道だから、それほど心配することはなかったが、私はできないと言った。この国に来て大きな事故を起こして刑務所に入れられたり、強制送還になった話をいろいろ聞いていたので、学半ばのうちは運転しないようにしていた。

私がノーと言うと、彼はそれ以上押してくることはなく、それじゃあここで車の中で待っててと言い置いて、トラックに戻りエンジンをだましすかし操りながら山を下って行き、姿が見えなくなった。

私は待っている間、翌日の教科のリーディング・アサインメントを読んでいた。鳥のさえずりも、風の音もなにも聞こえてこない、のどかで静かな時間であった。ときどき思い出したように遥か下の方からハイウェイをゆく車の音が風に乗ってさざなみのように聞こえてきた。

小一時間ほど経って彼は徒歩で山を登ってきた。トラックは無事ハイウェイに出てうまく走っていったとのこと。自分で直した車だから、どうしても問題なく走ってゆけるか見届けたかったと言った。

私は彼のその誠実さと思いやりに感心した。しかし彼はひどく待たされた私がかんかんに怒っていると思って戻ってきたらしい。君が全然怒ってないので驚いたと言った。だってあなたはひとを助けたんですもの、偉かったわ、と言うと、彼は少々恥ずかしげに、そう言ってもらうと嬉しい、と言った。

私は私で、彼の車を運転してあとをついていってあげなかったことをかなり後悔していた。そうしたなら彼はこの山を歩いて登ってくることはなかったのに。しかし、彼に関してすまないと思ったのは、このときのことくらいであった。

ある秋のはじめに、新しいライフルを買ったから試し撃ちをしなければというので、私もついてゆきました。山奥の奥の、谷また谷というところへ行って、あなたは数百メートル先の岩肌に向かい、狙いを定めて撃ちました。乾いたキーンという音がして、少しこわかった。二、三発撃つと、これでよしと満足げに言って車に戻りました。

　そこには野ざらしになって壊れかけた古い小屋があり、周囲には昔使われたであろうドラム缶などが置き去りにされていて、しばらく前まで誰かが暮らしていたことがうかがわれました。私は銃の音を聞いて誰かが出てきたらトラブルになりはしないかと心配で、本当にここには誰もいないのと何度もききました。

　あなたはそっけなく、ああ、もう誰もいないよと言いながら、自分の新しいライフルに夢中でした。何に使うのときくと、鹿狩りだと言いました。この地方では、ライセンスを取って毎年秋から冬にかけての数ヶ月間鹿狩りが許可されていました。あなたは鹿狩りの名人だったようで、うまく仕留められなかったハンターたちが、よくあなたに応援をたのみに来ると言ってましたね。

　クリスマスの頃、民家の前庭に親子で坐り込んでいる鹿を何度も見かけたことがありました。とても愛らしくて、そのままイルミネーションを点《つ》けてクリスマスのデコレーションにしたいくらいでした。私たちは彼らを驚かさないように、そっと回り道をして家に入ったものでした。

　雪の日の朝、台所の入口に置いたゴミ箱のところまで鹿の小さな足跡がいくつもついているのを見ました。それが空だったことを知っていた私は、かわいそうに何も餌にはありつけなかったでしょうと気の毒に思ったりしていたけれど、実際には数が増えすぎると人間の生活に悪影響が出るというので、鹿狩りは許されていたのでした。

ワーナー夫妻が私たち留学生をピクニックにつれていってくれたとき、山道で鹿の死体を見てしまいました。灌木と枯れ草のなかに隠れるようにして、まるくかわいい目を開けたまま、体毛は灰色になって剝製のように横たわっていました。すぐ目をそらせたつもりだったのに、あれから何度も何度も思い出してつらい気持ちになりました。

鹿をハントするあなたを想像するのはいやだったけれど、増えすぎて木の芽も木の皮も畑の作物もすべて食べられてしまったらと考えれば、仕方のないことだったのでしょう。あなたは仕留めた鹿はかならず持ち帰り、決して放置しないとはっきり言ってました。放置することは法律で許されないのでした。

こうして毎年何頭もの鹿をハントするのに、なぜヒトのための墓地を敬遠するのか、きいてみるべきでした。

「記憶」3

"my little Japanese princess" あなたはときどき私をそう呼んだけれど、なぜあんなふうに言ったのかしら。

そう呼ばれて、私は嬉しくもなんともなかった。そんなふうに言えば私がもう少しやさしくなるかと思ったのかもしれないわね。そんな言葉で私の心は決して動かないわよ。今思い出せば、少しは懐かしい気がしないでもないけれど。私はそういうふうに自分の identity をわざとらしく表現したような形容で呼ばれるのは好きではないのよ。

私は私。その他の何でもない。この私の頑固さをあなたはどこまで解っていてくれたのかしら。

「記憶」4

卒業後、久しぶりに会うことになって、マーケット・ストリートの中華レストランへ行った。昔はぜったい野菜を食べなかったのに、皿の中のものは野菜も含めてきれいに食べたのに驚いた。

食事のあと、レストランを出た私たちは再会を約束して右と左に別れた。職場へ戻るあなたと本屋に行く私と。通りを渡りながら私は、もういちどあなたの姿を見たいという思いの強さに負けて、いちどだけ振り返った。あなたは振り向きもせず、たんたんとゆっくり歩を進め、なんでもない普通の昼休みだったというように泰然と歩いていった。そして決して私を振り返ることはなかった。

私は負けた、と思った。私の完全な敗北であった。

振り向いたことを本当にくやしいと思ったけれど、でもそんな自分を許すより他なかった。それほどあの時の私の心はあなたを追いつづけていたのだ。

「記憶」5

「オークヒル・アソシエイツ」、そう呼んでもその場所を知っているのは彼と私だけで、その彼も今は行方不明だから、今はもう私だけなのかもしれない。

これは私たちの会社の名前です。

何を扱っていたかって、それは「恋」です。永遠に実ることのない「恋」です。

仕入先は私たちの心。でもそれを商品にして市場に出すことはないから、これは本当の幽霊会社。あなたと私以外誰も知らないアソシエイツです。

それはいつも彼が車を運転して行った場所なので、私はその場所の本当の名前は知らない。三本の道が登ってくる小高い丘の頂上に数本の木が互いに寄り添うように立っている。私は勝手にあれは白樺だと思っていたが、ずっと経ってそう言うと彼は、あれはオークだと言った。それで私はあの丘をオークヒルと名づけた。

この命名に関して彼がどれほどの理解をしていたかはわからない。私が勝手に考え出したことで、彼はいつものとおり、ああ、いいんじゃない、と言ったきりで、この名称はただのメーリング・アドレスくらいに考えていたかもしれない。そこに〝思い〟はまったく存在しなかったのだろう。

「記憶」6

ゴールズワージーの「林檎の木」の最終場面で、村の十字路の一角に石がひとつ置かれているのを、ロンドンから新婚旅行でやってきたアシャーストが見つけ、村人にきくとミーガンのことを話してくれる。昔、ロンドンから来た大学生がミーガンと恋仲になり、かならず迎えに来るからと言って村を去り（彼はケガをしてしばらくその村に滞在した）、残されたミーガンはずっと彼を待ちつづけたが、とうとう忘れられたと思い、脇でりんごの木が満開の花を咲かせる池の淵へ投身自殺をする。自殺者は墓地には埋められないので、十字路の四つ角に葬られ、墓石の代わりに石をひとつ置く風習があった。

あの丘の頂上は十字路ではなかったが、三本の道が集まってくる場所だった。その中心にやせ細った木が数本あり、根元には草が生い茂っていた。いつも風が吹き抜けるので、そのか細い木々はたえずゆれていた。

あの丘を通るたびになぜか「林檎の木」を思い出した。私は彼に忘れられたこともないし、自殺もしなかった。ミーガンの悲劇とはまったく関わりあいのない人生だったのに、なぜかミーガンが墓石もなく墓誌もなく葬られたあの村はずれのわびしい十字路と、この丘の上の数本のオークのまわりを通る細い田舎道が同じような風景と思えてしかたなかった。

それで私はその思いを詩に書いたことがあった。

風の音、雨の音、雪の音に、私はあなたの訪れを待っていたいのです

この一行だけ憶えているが、原文はもうない。なくしてしまった。自分が死んだら、この詩を書いた紙を私だと思って、あのオークの木の根元に埋めてほしいと彼に頼んだ。例のごとく、快く受け取ってくれたが、あの封筒がどうなったかまったくわからない。

「林檎の木」ではあの十字路の石が何を意味するのか、村人たちはみんな知っていたが、オークヒルのことは彼と私だけの秘密だ。もう彼はひとりであそこへ行くことはないだろう。そしてあの場所へ行く道を私は知らない。正式の名称も知らない。彼も私もこの世を去ったら、オークヒルは誰も知らない物語となる。

私たちが通っていた大学の裏に、ちゃんと舗装もされていないでこぼこ道があり、一台でも車が通ると、なにも見えなくなるほど土埃りが立ちました。その道の向こうの雑木林のはずれに、一本だけ取り残されたように野生のりんごの木がありました。春になるとほとんど白に近いうすいピンクの花をこぼれるように咲かせていま

した。

　あなたにあの木がりんごの木だと確かめてから、私はゴールズワージーの「林檎の木」の話をしました。あなたは真剣に終わりまで一言もいわずにきいていました。私が話し終わると、とてもすてきな物語だと言いました。あの野生のりんごの花が舞い散る中で、私たちははじめてのキスをしました。

　私は一瞬、自分がどこにいるのか、今まで何をしていたのか、まったくわからなくなっていました。あれは私が経験した最高のキスでした。なぜあれほどの恍惚感につつまれたのか、今になってもなおわからないでいます。ちょっとためらうあなた、私の方が体をぶつけてゆきました。


　私が戻らなければならない時間を過ぎようとしていました。帰ろうと、あなたが言ったのか、私が言ったのか覚えていません。ほとんどなにも言わずにあなたは車のエンジンをかけました。

　澄みわたる夜空に満月は高くあり、夜の世界を輝かせていました。車が動き出したとき私はそっと手をのばしてあなたの手をとろうとしました。あなたは即座に反応して、前を向いたまま私の手をしっかりと握り返してきました。

「記憶」7

一年の半分は冬という土地で寒さは厳しかったのに、彼の手はいつも暖かかった。私はよく片方の手袋をとって彼と手をつないで歩いた。手袋よりスチームより暖かいと感じた。彼の手はひどく荒れていてごつごつのざらざらだったが、その感触を気にしなければとても居心地のいい暖かさだった。

その手が私の手をそっとつつみこもうとするその瞬間が私は大好きだった。決して激しくはないけれど、おだやかなやさしさが、ことば以上のものが伝わってきて、私の心をつよく震わせ限りなく幸せな気持ちになったものだった。

「記憶」8

ふたりとも無言だった。ずっと無言だった。

なにかしゃべる気にはなれなかったし、しゃべることもなかった。しゃべるよりこのままずっと手を握り合っていたかった。私はその沈黙がとてもとても嬉しかった。互いに伝わってゆくものは、ことばより熱かったし、深かった。

私たちが下ってきたスペンサーヒル・ロードはくねくねと曲がる難しい山道で、登ってくるときも下るときもドライバーは細心の注意を払わなければならない。夜は対向車のヘッドライトが遠くから見えるので助かる。

私たちがちょうどスペンサーヒルを下りはじめたとき、登ってくる車のヘッドライトが見えた。彼はすばやく私の手を離して両手でハンドルを握った。それからこの道を下りきるまでもう対向車にあうことはなかったが、彼はもういちど私の手を取ろうとはしなかった。

私はとても淋しかった。自分の右手は彼が私の手を離したところにずっとそのまま置いていた。せめて車が私の宿に着いたとき、私はもういちど、はじめと同じ状態にもどってほしかったが、彼は手のことはまったく忘れたかのようにさっさと車を降りていった。とてもむなしかった。彼にとって手を握るなどという行為はなにほどのことでもなく、おそらく記憶にも残ってはいないだろう。私はこんなに何十年経ってもこれほど鮮明に覚えているというのに。

結局、彼と私はいくら燃え上がっても、その心の向く方向は大事なところでいつもちぐはぐであったのだ。


あなたは、いつかぼくたちのことを書くんでしょ、と何回もききました。

あの頃から何十年も経って、ようやく書いてみました。

こうして書き終えたのは、暑かった夏がすこしずつ遠ざかってゆき、秋の風が昔を思い出させるように、そおっとしのびよる季節になってからです。あのシモングス通りと五番通りの角にあるメイプルツリーはもう紅葉をはじめたでしょうか。あれはあの地域で真っ先に紅葉をはじめる木だと、ワーナー夫人がいつも言ってました。あの木が赤く染まりはじめると、夏は行って秋が来ているのだと知らせてくれる、しょぼしょぼの、何年経っても大きくはならない木でしたが、ひとつの大切なシンボルでした。機会があったらぜひ、私の代わりに見に行ってください。

書かなかったことが山ほどあるけれど、これで私の物語はおしまい。そして私たちの物語もおしまいにしましょう。

さあ、あなたはこれで一服しに行っていいわよ。

懐かしさをこめて、
（かつて）あなたのL・J・P
（二〇一二年）

リンレー・セメタリー

そこへ行くには、コーニングの中心を通り抜けるルート17に乗って西へ行き、隣町のペインテッドポストでルート15に入って南へ下る。

ルート15はタイオガ川沿いに走っていて、ギャングミルズ、アーウィンズ、プレショーを過ぎ、しばらく行くと右側は山のゆるい傾斜地がつづき、ところどころに民家が現れる美しいドライブがつづく。そのまま走りつづければまもなくペンシルバニアとの州境に達するが、その前に、右側にリンレー・セメタリーというグリーンの道路標識が立っている。小さいので気を付けて見ていなければならない（もしこのサインを見逃しても数分でリンレーの町に入り、郵便局や市役所があるので聞けばよい。引き返してもたいした距離ではない）。

標識を右へ入ると坂道になっていて、上りきったところが墓地への入口である。その坂道の両側には人家が何軒かある。

私は、こんなに広い国土の国なのになぜ、よりにもよって墓地の入口に家を建てて住むのかと思っていた。今でもよくわからないが、おそらく彼らはあまり墓地の存在を意識していないのではないかと思われる。それは墓地に行ってみれば自然にわかる。

おそらく昔、開拓時代は小高い丘で、森か林だったであろう地を広く開墾して更地にし、奥まで車で入れるように道を作り、ところどころもとからあった樹木を残し、その木蔭のもとに一族の墓石が集いあうように置かれ、緑の芝生が一帯をおおっている。南斜面に広がる墓地なので、昼の燦々とした陽光はすみずみにまでとどく。小さな町の小さな墓地なので、墓石は多くはない。墓地という暗さはまったくない。真ん中あたりに立って斜面が下ってゆく方向を見ると、雑木林の間から遠くペンシルバニアの風景が青くかすんで望める。墓地のまわりを囲む林の木々が、少しの風にもやさしく音をたてて揺れる。風がよく通り抜ける場所なのだ。

墓地の東側にモーガン・クリークという流れがあるが、これはワーナー夫人の実家の名前で、おじいさんたちが開拓して築いた地域なので、その名が残っている。この墓地ももともとはモーガン一族のものだったが、みんな他界したり、移住してしまったりで埋葬者が少なくなり、リンレー市に寄贈された。モーガン一族では、おそらく彼女が最後の埋葬者となるだろう。彼女の子供たちは二人とも結婚して遠く離れて暮らしているので、この墓地に〝戻って〟くることはないだろうから。

あそこをはじめて訪れた時はまだ全員がそろっていた。mother も father も大勢の留学生たちもいて、あの頃はまるでアメリカ史のゼミのフィールドワークのようであった。墓地の中央に二メートルをこえる大きな石碑が立ち、大きな文字で MORGAN と彫られていた。そのまわりには mother の両親、祖父母、曾祖父母や伯母たちの墓もあり、十九世紀はじめからの一族の歴史があった。

father が亡くなった翌年、私は再びコーニングへ行った。到着した翌日、mother に頼んで一緒にリンレーへ行った。彼女はいきいきとして支度をした。半ガロン入りの水と庭の花壇で摘んだ花を車に乗せて出かけた。晩夏の昼下がり、墓地には誰もいなかった。father の墓石の隣りにお揃いの明るいグレーの石が置かれ、仲よさそうに並んでいた。誰が見ても互いに慈しみあう夫婦の墓石に思えた。

father の息子が最初はここに彼を埋葬することに反対していたそうだが、mother は譲らなかったとインドからの元留学生ジーンか誰かからきいた。私は正解だったと思い、彼女の意志の強さに敬服した。そしてその息子は葬儀の後、「父の生涯でいちばん素晴らしいできごとは、あなたと結婚したことです」と mother に語ったと、彼女自身からきいた。

墓地には秋の気配を感じさせる爽やかな風が吹きわたっていた。まわりの木々の枝葉がさらさら、さらさらと静かに音をたてていた。私たちは糸杉の木々がつくる木蔭に立ち、快い風をいっぱいに受けていた。私は常々思っていたことを mother に話した。

この墓地のどこかに小さな場所を購入することはできないでしょうか。私たちは火葬になるので灰にしてもらえば小さなジャーひとつになると、砂糖壺くらいの大きさを手でつくってみせた。mother はそれをちらっと見て、驚いた風もなく、「あら、買う必要はないわ。私の隣りに埋められればいいわよ」とこともなげに言った。

私の隣りにというのが私の心を突き上げた。両腕をいっぱいに広げて mother に駆け寄り、その体格のいい体をしっかり抱きしめた。「ありがとうございます、

mother」と言ったとたんに大粒の涙がどっとわいてきて、自分ではどうしようもできなかった。私はmotherにしがみついたまま、おいおい泣いた。

motherはかなり驚いた様子だったが無言だった。おそらく私が泣いたのをはじめて見たのだと思う。私はよく興奮するし、よく憤るし、よく文句を言うけれど、そう簡単には涙を見せなかったから。あの時のことをmotherは最後まで覚えていてくれた。

彼女の最後の年、一九九三年九月はじめ、私の帰国が近づいたある日、娘のプリスの運転する4WDでmotherと一緒にリンレーへ行った。おそらくあれが彼女の最後の墓参りとなっただろう。その三週間後に彼女は逝ったのだから。

もう初秋を思わせる心地よい風がたえず吹き抜けていった。自分の祖父の墓石に腰かけたmotherは一枚の紙を取出し、これを読み上げてと私に渡した。それは彼女の親友のケリー夫人がfatherの葬儀の時に書いた追悼詩であった。motherはなぜか、すぐそばにいるプリスではなく私に読めというので、一瞬ためらったがすぐその紙を受け取り、少し声を大きめにして朗読した。fatherが亡くなったのは五月であった。

「遠くペンシルバニアの山々を望むこのリンレーの墓地で、五月の風はまわりの木々をうたわせ、墓地の間をやさしく、心地よく吹き抜けてゆく。ここで永遠の眠りにつく人々の平安を祈りながら……」

一字一句を思い出せないが、主旨はこのような感じであったと記憶している。読みまちがえないようにと最後まで緊張していたので気が付かなかったが、motherはしきりに手で涙をぬぐっていた。今度は私が彼女の泣く姿をはじめて見た。あの時motherは何を思い出していたのだろう。

私が読み終わると彼女は「まだ私の隣りに埋められたいの?」ときいてきた。私はつよく胸をうたれて、あの時のように彼女にかけより、今度はそっと彼女を抱きしめて言った。

「まだ覚えていてくださったのですね。ありがとうございますmother, はい、もちろん今もそう思っています」

彼女はそれ以上なにも言わなかったが、あと数週間の命の炎しか残されていなかったのに、あのことをちゃんと私に言ってくれたことが本当に嬉しかった。

motherは病気知らずの健康な人だったが、一九九三年ALS（筋萎縮性側索硬化症）を発症した。これはアメリカではプロ野球選手のルー・ゲーリックが発症したので、以来ルー・ゲーリック病と一般的に言われている体中の筋肉が委縮してゆく病気で、手指、四肢、舌に起こり、言葉が不自由になり、ものが呑み込みにくくなり、呼吸も困難になり、最後は呼吸できなくなって窒息死する病である。看護師の資格をもつジーンからいろいろ聞かされて絶望的な気持ちになった。

こんなにいい人がなぜこんなにたいへんな最期を迎えなければならないのか。神様は何を考えているのだろう。どうしてこんな仕打ちを与えるのだろう。絶対まちがっている。この思いが私の頭の中をぐるぐるとまわりつづけた。いくら祈っても、その祈りはどうしようもなくむなしく思えた。

その年、私は夏休みに入ると大急ぎで支度をして三日後に出発した。マーチン夫人から事前にmother の容態のあらましを聞いていた。そして九月のはじめまでひと月以上コーニングに滞在し、ほとんど mother の家にいた。

私が来たので安心してジーンは休暇を取ってニューヨークへ行ってしまい、しばらくは私ひとりでmother の看護をすることになった。その間は彼女の病状が急変したらとか、毎日の何種類もの薬を出しまちがえないかと心配でしかたがなかった。もう昔のようにmother に甘えられるときは去ったのだと自分にいいきかせ、緊張の日々であった。

あの夏は私にとってもたいへんな夏だった。私の血圧は二〇〇を超えていて、ときどき起き上がれない日があった。そんな時motherはほとんど回らなくなった舌を懸命に動かして、"What can we do for you?"ときいてきた。私は恐縮して、大丈夫ですと答えた。"I"ではなくて、"we"と言ったmotherがあわれであった。もう自分ではほとんど何もできない段階にきていたからであった。

motherは何種類もの薬をのんでいた。少しでも面白みを出そうと、小さな豆皿に二錠ずつのものは眉と目に、一錠のものは鼻と口になるよう並べて、毎朝サイドテーブルに運んだ。私の必死のいたずらにもmotherは特に反応を示さなかった。もうその余裕もなかったのかもしれない。舌同様、喉の筋肉も弱ってきていたので、錠剤を呑みこむときは水ではなく、ミルクやヨーグルトといっしょにやっとのことで呑み込んでいた。

朝食はいつも薄く切ったライブレッドのトーストだった。体調のよくないときはそれさえも半分残し、残りは昼に食べるからとかならず言った。朝のトーストの残りを昼にまた出すのはしのびなく、新しいトーストを出すと、朝の残りは？　ときくので私はいつも、私が食べちゃいましたと明るく笑いながら言った。しかし彼女はそれが嘘だと見抜いているような視線を送ってくるので、当惑した。私が朝食の残りを全部ディスポーザーに流していたことを、感覚の鋭い彼女は感知していたのかもしれない。ものも食べ物も大切にしてきた彼女は気分良くなかったかもしれないが、私としては朝食べ残して固くなったトーストを、また昼に食べさせるのはしのびなさすぎた。

彼女は一日の大部分を一階のデンで過ごした。もう二階の寝室には自力でゆくことはできなかった。デンにはかつてfatherが使っていた大きなブルーのリクライニング・チェアがあり、昼間は椅子として、夜はベッドとして使っていた。

あるとき椅子の足台に乗せた彼女の足を見ると、皮膚が荒れていて、ひどくむくんでいたので、それからは毎晩クリームをぬってマッサージをした。一時間くらいつづけるとようやくむくみがひいてゆき、彼女は気持ちがいいとやわらかく微笑んだ。私が疲れてリタイアしようと手を休めると、彼女はかならず目を開けてにっこりするので、私はまたはじめる。彼女が完全に眠りに落ちるまで。あれは、たったひとつ私がした彼女への〝親孝行〟だったと思う。

八月のはじめ、mother の最後の誕生日祝いをケリー夫人が準備してくれた。ケリー宅にマーチン夫妻、ライト夫妻、プリス、ジーンと私が招かれた。ケリー宅の石造りのポーチでまもなく沈もうとする夕日残照を浴びながら、ワインの乾杯からはじまり、ディナーは客用ダイニングルームに移動した。みんなとにかく上機嫌な顔をして mother を楽しませるのに腐心した。彼女が疲れすぎて体調を崩すのではないか心配だったが、大勢の人に囲まれているのが大好きな彼女は終始上機嫌だった。

もう挨拶のキスをすることもできなかった mother のために、ケーキのろうそくを吹き消すとき、ジーンと私が代わりに一緒に吹いた。その場面を写真のうまいライト氏が撮ってくれて、のちに私はそれを自分の部屋に作った小さな祭壇に飾った。椅子に掛け痩せ細った mother の両脇に、彼女を大切に囲むジーンと私がバースデーケーキに立てられた一本だけのろうそくの火をふーっと吹き消している場面だ。

誕生日パーティーから帰宅して家の中へ入るとき、ドアのあたりで mother は肘をぶつけたらしい。私たちは歩行困難な彼女を支えるのに夢中で気が付かなかった。彼女をやっと椅子にかけさせようとした時、肘から血が出ていることに気が付いた。

すぐプリスに言うと彼女は脱脂綿をもってきて、さっと血をふき取った。そのとき私は自分の腕にもどす黒い血のかたまりがついているのに気が付いて、プリスを呼び止めその個所を指すと、またさっと同じ綿でふき取ってくれた。ガールスカウトの仕事をしているプリスは手慣れたものだった。

motherは肘をぶつけて出血したのに、何も言わなかった。私が気が付かなければそのまま寝てしまったかもしれない。もう痛覚がほとんど麻痺状態だったのかもしれない。

私は、プリスがmotherと私についた分の血をふき取ったあの一片の脱脂綿（すぐ彼女がゴミ箱に捨ててしまった）を拾っておかなかったことを後に悔んだ。motherが流した血と、それが私にも付いてしまった記念すべきできごとの証拠を、私が秘かに拾ったとしても誰が気づいただろう。私だけの大切な思い出になったものを。

私が帰国するとき、motherは彼女と同じ名前で特に親しかった彼女の伯母さんが誕生した時、親戚に配った記念の銀の匙をくれた。「一八九三年」とあり、彼女が大切にしていたものであった。お互いに会えるのはこれが最後だとわかっていた。だからこれからはこの銀の匙がmotherなのだと心の中で思った。

別れに涙は見せないと自分に誓っていたので、つとめて明るくふるまった。帰ったら電話しますよ、と言うと、ほとんどまわらなくなった舌で、電話より手紙がいいわ、と言った。彼女の発語を理解できるのは、娘のプリスとジーンと私くらいとなり、病院の看護婦も聞き取れず、ときどき私が代わって「通訳」した。

私のいたたったひと月の間に mother の病状はかなり進み、クリスマスまでもたないだろうと誰もが言っていた。スーツケースを押してドアを出るときもういちど振り返ると、mother はありたけの笑顔で弱弱しく片方の手を挙げていた。あの姿が私が最後に脳裏に刻みつけた mother であった。

クリスマスどころかその二週間後に彼女は逝った。市や教会や各種団体から今までの功績を表彰され式に招かれ連日外出がつづき、とうとう心臓がもたず、ある朝眠るように息絶えたとのことであった。呼吸筋まで麻痺して窒息死する恐ろしい苦しみを彼女は経験せずにすんだ。死期が早まったとしても、眠るようにというのはやはり神の祝福だったのではないかと思った。この時ようやく私は感謝の祈りを捧げた。

私は夏休みぎりぎりまでいたので、もう後期の授業がはじまっていて、mother の葬儀には出席できなかった。

　私は留学生の中ではいちばん年上のひとりだったから、順当に行けば私が真っ先にmotherのところへたどり着くことになるだろう。つぎに誰かやってくるまで私は彼女をほとんどひとりじめにしていられると勝手に考えている。

　ジローがいつも私のあとをくっついてきたように、私はmotherのあとにくっついてまわり、花壇や家庭菜園の手入れをしたり、ラズベリーやピーチを収穫したり、皿洗いやじゃがいもの皮むきを手伝ったり、ディナーのためのテーブルをセットしたり（何種類ものセットがあり、彼女はいつも私に好きな皿のセットを選ばせてくれた）、室内に置いてある植木鉢に水をやったり、冬は車の屋根に積もった雪を払ったり、アップルパイ用のりんごを地下室まで取りに行ったり……。毎年海外旅行をすればかならず現地の絵葉書を送ってくれたし、クリスマスカードもかならず送ってきてくれた。私のようにわがままで身勝手な子を二十四年間もよく面倒をみてくれた。

　あの墓地を訪れるたびにたくさんの写真を撮った。誰かに見せるためではなく、自分の記憶のために。小さなシャベルをmotherの墓石の脇に突き立てて、「ここ！」

というふうに何枚か撮った。mother の隣りに、私にとっていちばん居心地のよい場所に深く深く眠れるところ。

「mother, やっとやってきました」

「あら、来たのね、Yoshi, さあ、誰を招びましょうか今夜は?」

するとと私はすぐこう頼むだろう。

「mother, 今はまだ誰も招ばないでください。私はあなたに会いにきたのです。あなたとふたりきりで存分におしゃべりできるように。私はあなたをひとりじめにしたいのです。今だけは」

mother はあっさり賛同してくれるだろう。一九八七年の夏、彼女の家のダイニングテーブルにふたりきりでいたときと同じように。

「今夜は何を食べたい?」ときかれたら、私は間髪をいれず"my chicken"と答えるだろう。ポットローストはお客の来る夜のメニューにとっておこう。食卓がいちばん賑わう料理だから。そして father も全員に取り分ける「仕事」を担うのだから。肉は dark meat か、white meat か、野菜は何がいいかなど、食卓を囲んで会話が飛び交い、みんなわくわくしてくるのだ。今日もおいしい料理に感謝しますというお祈りをfatherが代表して言い、最後にみんなで（イスラム教徒も、ヒンズー教徒も、仏教徒も、ユダヤ教徒も）“Amen”と言ってナプキンを膝に広げ、両手にナイフとフォークをもって、肉や野菜がどっぷりのった皿に向かう時ほどの喜びはなかった。

胃腸系が丈夫だった私はよく食べた。おかわりもした。取り分け係のfatherに、じゃがいもをもうひとつください、などと言って、ほとんど空になった自分の皿を差し出したものだった。今ではあの三分の一も食べられないだろう。

ワーナー家に住んだ留学生、よく招かれてきた人たちの数は数えようもないが、彼女はそのひとりひとりの好きな食べ物を記憶していて、その人が来るとかならずそれを作ってくれた。ポットローストが好きな者、ターキーのスタッフィングが好きな者、焼き立てのパンが好きな者、ブラウニーに目がない者、アップルパイにバニラアイスクリームをのせチェダーチーズをそえたデザートを待ちわびる者など。

そしてなぜか私はフライドチキンが好物だということになっていて、行くとかならずYoshi's favoriteだからと、小麦粉、塩、胡椒を入れた茶色い紙袋にチキンの大きな切り身を入れてよく振り、それをフライパンで焼くのである。彼女の作ったものはなんでもおいしかったので、このチキンも大好きだったが、これを私の大好物だと言った記憶はない。本当はポットローストだったが、それは東アフリカからの留学生とされていた。なぜそうなったのかいつもふしぎだったが、余計なことをいう気はまったくなかった。

ある時スーパーマーケットでコークばかり並んだところに、cherry coke というのがあり、試しに買ってみるとなかなかおいしかったので、それからは毎年買うようになった。すると記憶力抜群の mother は私が来るとかならず cherry coke を冷蔵庫に入れておいてくれるようになった。「うわあ」と喜ぶ私を見て、満足そうにニコッとする mother に「参りました」と心の中で頭を下げた。

コーニングは冬がながく厳しい地域だったので、アフリカのように冬のない国から来た留学生たちには冬用衣類、ブーツ、手袋、帽子などを与えた。コートなどは自分でミシンを踏み、セーターを編んだ。彼女はダウンタウンの生地屋がいつセールになるかよく知っていて、冬物は夏のうちに買い、西日が強くさす二階の部屋で、汗だらけでミシンを踏んでいた姿を思い出す。

まったく mother に暇なときはなかった。自分にも他人にも厳しい人だったが、敵を作らなかった人で、誰にでも平等につくした。

彼女が亡くなる前の年、まだ病気の兆候が出ておらず元気だったmotherは私にバルキーのセーターを編んでくれると言ってきた。彼女のは十種類近くの編み模様が入っていて、みんながほしがった。私はいつか順番があいたら頼みたいと思っていたが、フランス人の留学生のあと編んであげると言われた。私は少し考えて、セーターではなく、彼女がよく編んでいる膝掛けのようなブランケットにしてくださいと頼んだ。編み模様は同じだが、この方が編むのが楽なのではと思ったし、活用範囲もずっと広いと思ったからであった。

あの時の判断は私としてはめずらしく賢かったと思っている。少しずつ気温が下がってくる頃かならず押入れから出してきて、「またお世話になります」と布団と毛布の間にかける。その瞬間から私の心は四十年前のコーニングへ飛んでゆく。mother に暖かく守られているような気がしてくるのだ。

私がこの世を去ろうとするときに誰かが私を呼び止めようとしても、私は耳を貸さないと思う。振り向こうともしないだろう。私の魂はまっすぐ東へ向かってシモングの谷間に戻ってゆき、スペンサーヒルのてっぺんに出る月に迎えられ、オークヒルを訪ね、リンレーまで息を切らせながら飛んでゆくだろう。motherはきっと、「待っていたわよ、Yoshi」と言って暖かい抱擁で私をつつんでくれると思うし、fatherは「あの痩せんぼのYoshiはどこへ行ったの（昔、私は痩せていた）」と文句を言いながらも、私をしっかりと抱きしめてくれるだろう。

もうそこまででいい。十分だ。そして私は本当に永遠の眠りにつく。墓地を囲む林の木々がたえず揺れあっては、さやさやと音をたてる。もうまもなく初雪がくるかもしれない。

チップモンクはmotherの墓石の下に掘った巣穴で冬眠に入るだろう。感謝祭がきてクリスマスがきてイースターになれば、この墓地は若々しい緑の草におおわれる頃だろう。チップモンクの穴は再び空になる。でももう私は目覚めることはない。人々の記憶がうすらいでゆくのに比例して、私は無に還る。

私は想像する。

一メートル八七センチのゴウタが高く掲げたアルミ製の器から、私の遺灰をまくところを。灰はゆるやかに吹きぬける風に舞って音もなく墓地の土の上に落ちてゆく。私が昔、「ここです」と園芸用の小さなシャベルを突き立てたところに。彼の背丈の高さからなら、かなり広い範囲に灰は散ってゆくだろう。

こんな役目を背負わされて気の毒だが、彼の論文も、留学試験のスピーチの原稿も、TOEICの勉強も、熱々のポトフも、特製ほうれん草おひたしも、いろいろ協力してあげたのだから、今度は私に協力してほしい。平日の午後ならほとんど誰にも会うことはない。まかれた灰は雨が降るたびに、雪が降るたびに、少しずつ土の中へ埋まってゆくだろう。そうして誰にも知られず私は完全に土に還る。永遠にmotherのそばで。

でもそれにしてもゴメンね、ゴウタ。たいへんな役目を負わせてしまって。あなたの勁さを思うとき、これを託せるのはあなたしかいないと思うの。ディフェンス・タックルとして副将としていつも夢中でプレーしていたあなた、卒業時三〇〇点台だったTOEICを入社一年後には九〇〇点近くにして、下の玄関からベルを鳴らすときはいつも、「あ、一之瀬です」と渋い声を出すようになったあなた。仕事では海外を飛びまわるようになって、メールの返信もよほど待たないとこなくなり（でもかならずいつかくる）、あなたは鉄砲弾というより機関砲弾という感じで。練習の後、必死に「チャリ」をとばして授業に出てきたあなた。

質問されるとまずは笑顔になって、それほどおしゃべりではなかったので、この子ははたしてどういうアタマをしているのかと疑ったほどでした。社会人になって、TOEICの勉強のため朝は四時起きで、駅に行く途中のファミレスで勉強していたという。

とにかく勉強もスポーツも夢中で目いっぱい打ち込むところがすごかった。身体が大きくて（体重は一〇〇キロ超）、丈夫でがっしりしていて、心も比例して大きくて、どんな不都合がきてもがむしゃらに突き抜けてゆく勁さをもっているから。そして私の作品の誠実な読者でありつづけてくれた。八幡山駅の吹きさらしのベンチに坐り込んで終わりまで読んでくれて、感想をメールしてきた時の感激は忘れない。

これからは仕事にガールハントにどんな活躍をみせるか、それをいつまで私が見ていられるかわからないけれど、いつもどこにいても〝いる〟かぎりしっかり応援しています。ポパイになりたかったら、いつでもいらっしゃい。あなたの大好きな特製「ほうれん草おひたし」を作って待っているから。

自分のことを自分以外の人に頼んでゆくのは、たいへん心苦しい。私よりずっと若い者に託してゆくのは、私のロマンだ。

彼がベストをつくしてくれると信じることに迷いはないが、たとえ何らかの理由で実現できなくても、mother が "You may be buried next to me." と言ってくれたことで十分満足すべきだと思う。私の心は、私の魂はどんなことがあっても、現実にはどうなろうとも、ここに帰ってくるのだから。どんなに遠くとも。そして mother はいつまでも待っていてくれると思う。

叶うことなら、この墓地の中のどこかの草の蔭で、アメリカ先住民ホピ族の神話に出てくるような小さな小さな精霊になってひっそりと、ずっと坐り込んでいたい。その姿は誰にも見られることはないだろう。そして私に他の人々の姿が見えるかどうか、今の私にはわからない。

(二〇一三年)

わが心のイシュラット

1

64 East Fourth Street かつて私がこの家の三階を借りて住んでいた私の人生ではじめてのアパートで、私は引っ越しがすむと廊下で飛び上がって何度もバンザイをした。私だけのアパートだと。

ここにイシュラットは赤ん坊のアハメッドをつれてよくやって来た。三階建ての大きな家で、一階の玄関の左側にある広い客間には道路に面して大家さん自慢の大きな一枚ガラスの窓があった。反対側には通路があり、外から二階へ上る階段があった。その通路に沿ってすずらんが植えられ、春になると真っ白い小さな毛糸だまのような可憐な花をつけてびっしりと咲き、よい香りがした。さらにその奥にはライラックの木が何本かあり、これも晩春には豊かな房の花をつけ、そのあたりは芳しい匂いに包まれた。

私がコーニングを離れてから、この家を彼女が買ったと聞いたとき（イシュラットによれば、夫のザキが彼女のために買ってくれたとのこと）、たった親子四人で住むには広すぎるのではないかと貧乏性の私などは思ったが、彼女は何年もかけて内部を改装し、美しい家に仕上げていった。

三階にはYoshi's roomという客間を作ってくれた。部屋全体が淡い黄色とオレンジ色で統一され、ベッド、クローゼット、鏡台、バスルームなど、いつ誰が来ても泊まれるようになっていた。その部屋をYoshi's roomと呼ぶことは家族全員の合意だったとのことで、私はその時はもうコーニングには住んでいなかったのに、その友情が嬉しく、また光栄に思った。早く泊まりにいらっしゃいよと何度も言ってくれた。でもなぜかいちどもその部屋に世話になることはなかった。

2

イシュラットを知ったのは夫のザキの職場に私が入ってきたからであった。それは、ニューヨーク州北西部の町にあるガラス会社の国際部で、さまざまな国から来た人々が仕事をしていた。

ザキはパキスタン人で、アメリカへ留学し、学位を取得した優秀な人材として評価されていた。国際部の人たちは皆、ここでは〝外国人〟だったので、互いに立場をよく理解し合い、礼節があって、他に対してやさしく親切であった。ザキは特にもうひとりのアジア人である私にやさしかった。彼は典型的なアーリア人の風貌をもち、遠目にはちょっとこわそうだったが、もの静かで寡黙で礼儀正しく、誰に対しても親切であった。仕事振りは誰にも負けず、正確ですさまじかった。

当時は彼の故国パキスタンにこの会社の工場を建設するプロジェクトが進行中で、ザキはしょっちゅうパキスタンとアメリカを行き来して留守がちであった。それで彼は私をイシュラットに紹介し、自分が留守の間話し相手になってくれたらと考えたらしい。

ちょうど最初の子供が生まれた頃で、イシュラットはその子、長男のアハメッドをつれて自ら車を運転し、私のアパートへやってくるようになった。私たちは二人でイスではなく居間のじゅうたんの上に坐って（イシュラットは片方の足を立てひざにして坐っていたと思うが、いつもサリーを着ていたので、はっきりはわからない）、延々と話しつづけた。アハメッドがぐずりだしても、眠ってしまっても、彼女はかまわずしゃべりつづけた。

何を話したか今になってはすべてを思い出せないが、アメリカでの大学生活のことや故郷の家族のこと、パキスタンがインドから独立した時の混乱の中での苦難の体験、アメリカ留学中のザキとの出会い、今の住まいのことなどは私が主に聞き役で、アジア人としてアメリカ社会への違和感、不協和音を感じるときなどの話題では、私はつたない英語をふるいたてるようにして、一所懸命彼女の少しヒンズー語なまりのある巻き舌の、しかし完璧な英語にできる限り追いつこうと、しゃべりまくった。

彼女はいつも目を輝かせて、ひとときも休まずしゃべりつづけた。私はいつもそのエネルギーに感心していた。のちにもういちど学生になってからは、イシュラットが来ると長居するので予習やペーパーなどが間に合わなくなり、ハラハラすることもあった。しかし、あれは良い時代だった。イシュラットにとっても、私にとっても。

コーニングには "International Club at Finger Lakes Region" という民間の組織があり、私もその会員であった。これはこの地域の留学生を援助することを主目的としたもので、一年後、会社を辞めて完全に地元の大学の学生になった私は留学生の代表として、この会の書記に選ばれた。これは留学生に会の決定事項や催しの予定や計画を知らせるだけでなく、毎月会長宅で行われるミーティングに出席して、その議事録をとるという仕事もあった。

これはたいへんであった。Native ではないのは私だけで、まだアメリカに来て二年目なのにあれほどあくせくした経験はなかった。しかし、役員の人たちは顔見知りの人が多く、私がノートをとりきれなくなると隣りにいる人が助けてくれた。会長も優しい人で、私の立場をよく理解してくれて常に寛容であった。

その会では年に数回ピクニックや fund raising party をした。夏は公園でピクニックをした。会員各自が食べもの、飲みものを持ち寄ってテーブルに並べたビュッフェ・スタイルにし、バーベキューもした。ポテトサラダ、エッグサラダ、グリーンサラダ、ラザニア、キャセロール料理、バーベキュー・チキン／ビーフ、とうもろこし、ハンバーガー、ホットドッグ、各種パイ、ケーキ、クッキー、チーズスフレ、すいか、ハニーデューメロン、キャンデロープ、ブルーベリー、ラズベリー、黄桃、ゼリー、ホームメイドのパン類、リバーライスのごはんなどなど。三十年以上経った今ではこれだけしか思い出せないが、もっともっとあったと思う。

冬は厳冬の地なので、地元の大学のコモンズ（学生ホール）を借りてパーティーをした。これは野外ピクニックよりはるかにたいへんで、まず食べものは有志の人たちに持ち込んでもらい、大きなテーブルをいくつも用意して、その上にごちそうを並べ、私たち留学生は給仕係をした。私はある時成人式に作ってもらった訪問着で散々給仕をして、袖も帯もベトベトになってしまったことがあった。しかし、キモノは大好評で、みんなが珍しがるのでそれも仕方がなかった。終わってから日本へ送って、洗い張りに出してもらったことを思いだす。

パーティーがはじまってからも私たち留学生は各テーブルにコーヒー、紅茶、ジュース、水などのお代わりのサービスをしてまわり、また順番に各出身国の歌や踊りを披露して舞台に上がったりで、目の回る忙しさだった。そしてこの会の存続のおかげで私たち留学生は授業料免除、受け入れてくれる家庭やアルバイト探しなど、さまざまな面で恵まれた生活を送ることができた。

このピクニックやパーティーでどうやって fund raising をするかというと、それは入場料であった。各会員が自分たちで作ったものを持ち寄って開くパーティーに、入場料を払って来てくれるのである。これは二重の donation であった。それでわれわれ留学生はできる限りの協力をしようと勢いづくのであった。手首にも足首にもたくさん輪をつけて踊るアフリカのダンス、真っ白なバルキーのセーターを着て踊るギリシャのダンス（〝その男ゾルバ〟を思いださせる！）、ギターの弾き語り、合唱、お国の衣装をつけた寸劇など、留学生総出演の舞台であった。歌も踊りもダメな私は自作の詩を英訳して朗読したこともあった。

そういうパーティーにもピクニックにもイシュラットはかならず来てくれた。歩きはじめたアハメッドの手を引き、次に生まれた長女アンベリーンを抱っこして。それにしても彼女の食べっぷりは勇ましかった。骨付きチキンを頬張るときの彼女はすごかった。片手で動きまわるアハメッドを押さえ、もう一方の手でチキンの骨の部分をしっかり握って口を大きくあけてかぶりつく。しかもおしゃべりしながら、どんどん食べてゆく。何本も食べる。私は心から感心した。

ああ、気取るなんて、なんとくだらないことだろう。彼女のように二十六歳で博士号をとったような秀才で上流階級出身のエレガントな人でも、食べるときはこれほど熱心に気を入れて、一所懸命食べることに集中するのだ。ヒトは生きてゆくためにはこれくらい真剣に食べなければいけないのだ。気取っているのはまちがっていると。

イシュラットは料理もうまかった。私がニューヨークへ移ってからも、日本へ帰ってからも、コーニングへ行くとかならず食事に招待され、ナツメグ、クローバー、サフランなどを使ったインド式料理をする手も早かった。例のごとく、すごい勢いでおしゃべりしながら、手は決して休まず、あっという間に食卓はできたての料理の山になる。

女性として彼女に足りないものは何もないように思えた。彼女は良き母であり、良き妻であり、立派な主婦であった。毎年クリスマスカードは子供たちの写真で埋まっていた。乗馬をするアンベリーン、セスナを操縦するアハメッド。豊かに恵まれて育った子供たち。平和な家庭。美しい家族。しかし、子供たちが成長するにつれて、あの一家には何かが起こっていった。子供たちがそれぞれ大学に入り家を出てゆくと、イシュラットは再び外の世界に関心を移していった。

3

夫も子供たちも離れてゆき、ひとり大きな家に残されたイシュラットは、自分に押し寄せる孤独を払いのけるために、さまざまな社会活動にのめりこんでいった。しかし勝気な彼女はどうしても自分が中心的存在になってことを運ぼうとして、みんなとうまくゆかなくなり、また新しい活動をはじめるということの繰り返しだったようだ。

私は子供の頃から孤独の味は知っていたから、それをどう切り抜けてゆくか、自然に身についていたのかもしれない。私は自分がひどく孤独だと感じるときは、仕方がないと思うことにしている。心の中でのたうちながら、少しずつ諦めるようになってくる。インフルエンザにかかって何日も熱が下がらず血尿まで出るほどの状態でも、いつか、薄皮がはがれ落ちるように少しずつ回復してゆく過程に似ているかもしれない。よくなって別に嬉しさはないけれど、少なくともやりようのない苦しさからは解放されることになる。

しかしイシュラットは心の中だけで闘う人ではなかった。彼女の世の中に対する姿勢はいつも挑戦的だった。自分の考えに反対する者が現れれば敢然と戦いを挑んだ。彼女は人のために多くの犠牲を払うことに関しては決して自慢しなかったし、宣伝もしなかった。助けを求めてくる者には常に献身的だった。しかし、自分と対等にある者、自分より有利な立場にある者に関しては、たいへん厳しかった。

一九六〇年代の終わりの知り合ったばかりの頃の、まだアメリカにまったく慣れていない私に、彼女はとてもやさしく親切だった。その後ずっと経って、私がすさまじい失恋をしたときも、真っ先に会いに行ったのは彼女だった。彼女は私の話を聞いてくれて、なぐさめ励ましてくれた。彼女がいなかったら私は、シモング川に本当に身を投げていたかもしれなかった。そのことを毎日考えていて、コーニングから隣町のエルマイラにかけて、この川にかかる橋を全部調べてまわった。

そんな私の心を徐々に平静に戻してくれたのはイシュラットだった。彼女は毎日私に会いに来てくれた。それで私は〝実行〟の機会を失った。私たちは姉妹以上に親しかったと思う。

しかし彼女はしだいに変貌していった。ワーナー夫人の最後の年、私は看病のため夏休みのほとんどをコーニングで過ごした。その頃の私は教師として経験をつみ、まあどうにかひとりだちしていた。そして私はたいした〝不幸〟を持ち合わせてはいなかった。

ある夜、ワーナー家最後の留学生ジーンと散歩に出た。イシュラットの家の前に来て、なんとなく立ち止まっておしゃべりしていると、彼女が車で帰ってきた。夜目の利かない私は気づかなかったが、ジーンがあれはイッシュの車だと言った。しかし彼女はヘッドライトをつけたまま車から降りてはこなかった。私はハローというつもりで待ったが、降りてくる気配はなかった。それで私たちは帰る方向へ歩き出した。心の中ではホッとしていた。なぜなら、彼女を知る人たちが彼女は気がヘンになっている（She is crazy.）と言っていたからだ。

その少し後でもっとつらいことが起こった。ある日の午後遅く、突然ロシアからの留学生だという若い男がワーナー家を訪ねてきた。イシュラットの紹介で来たという。彼はワーナー夫人に、この家に置いてくれという。雪かきでも、ペンキ塗りでも、屋根裏の整理でも（なぜ彼がこの家に屋根裏があると知っていたのか）、なんでもするからと。

ワーナー夫人は困惑していた。いくら頼まれても彼女はあと数ヶ月の命で、とうてい留学生を受け入れることはできない。筋力の衰えた口と喉を使って必死に説明しようとするが、若者は理解できず懇請しつづけた。

隣のキッチンで聞いていた私はたまらず、イシュラットに電話して、彼を引き取ってほしいとたのんだ。そのときのイシュラットの声は地獄からの使者のように低くかわいて、限りなく冷たかった。彼女はワーナー夫人の病状について何も知らなかった。昔はしょっちゅうここへ来て楽しそうにおしゃべりしていたのに、いつからワーナー夫人とさえ疎遠になったのか。

私が少し驚いて、ワーナー夫人はとても重い病気なのよ、と言うと、間髪をいれずイシュラットはどのくらい悪いの（How bad?）と詰問するようにきいてきた。私はさらに驚いて答えにつまった。クリスマスまではもたないとは決して言えなかったし、言いたくなかった。黙ってしまった私の様子にウソではないと察したらしく、じゃあ、その子にかわってと名前を言った。私は即座に留学生を呼び、彼はイシュラットと短い会話をかわし、それからすぐ帰っていった。

私はまるで押し込み強盗に入られたような気分になり、心が収まらなかった。それでマーチン家に電話して起こったことを聞いてもらった。冷静なマーチン博士は、その男はまだいるのかときき、帰ったと言うと、そういうことがまたあったら、すぐウチに電話してくるように、そしたら自分がすぐ行くからと言ってくれた。私は嬉しくてありがたくて、博士の存在をたいへん心強く思った。

あれ以来、私はイシュラットの声さえ聞いていない。あの翌年も、その次の年も、毎年コーニングへ行ったが、私は彼女に会わなかったし、私が彼女の消息を尋ねない限り、誰も彼女のことを話そうとはしなかった。

彼女はどうして変わってしまったんだろうと私は時折考えた。きっとすごく寂しかったんだろう。でも、自分でもそれを認めたくなかったし、他人にもそう思われたくなかったのだろう。だから彼女はいろいろな社会活動に参加して、あるときにはその活動の中心となって、自分の存在を人にも自分にも顕示することによって、自分は寂しい人間ではないと証明したかったのかもしれない。それをかなり無理してまで推し進めたので、彼女は結局〝人々の英雄〟にはならなかった。彼女にいつも救ってもらった人たちは彼女を慕いつづけただろうが、一緒にやってゆけないと感じた人たちは彼女への敬意を失い、しだいに離れていった。彼女が人生の後半で夢中になってやっていたことは、この繰り返しだったのではないだろうか。

彼女は孤独を押し出すために、自分の幸福を犠牲にした。寂しさも時には仕方がないと、その上にどんとあぐらをかいているような〝哲学〟を彼女は持ち合わせていなかった。私よりずっと頭が切れて、優秀だった彼女がなぜ、通り抜けてゆく風をやりすごすように、積もった雪が解けはじめるのを待っているように、眠れない夜に、コトンと眠りに落ちそうになる瞬間を待つように、孤独の襲来をやりすごす術を考えつかなかったのだろう。しかし人はそれぞれ宿命を背負っている。彼女はあのように生き、たくさんの栄誉をのこした。彼女がそれで満足なら、誇りに思うなら、それは彼女の立派な勲章である。

4

私と同い年だったイシュラット。

彼女はずっと早くから白髪が目立つようになり、誰も私たちが同い年とは信じられないと言った。外見がどうあろうと私たちは確かに同い年で、同じ時代を生き、ともに異邦人としてアメリカに暮らし、それぞれに哲学を持ち（私のは、はなはだ頼りないものであったが）歳を重ねていった。いつも近くにいたわけではないが、アジア出身の従姉妹同士のような感覚が漠然とあった。ふたりともそんなことを話したことはいちどもなかったけれど。

しかし、歴然として彼女のほうが強かった。アメリカ中西部で厳しい学生生活を送りながら博士号を取得し、結婚し、子供を二人も持ち、教育熱心で、その多忙さの中、コミュニティーへの貢献も忘れず、のちには社会活動、政治活動に専心した彼女は自分の信じるところをまっしぐらに進むすさまじいほどの精神力を持ちつづけた。最後は病に倒れたが、いっさいの延命治療を拒否し、終わりの頃は水だけしかとらなかったと聞いた。

私は彼女より弱虫だった分、いろいろな人に助けられて生きて来た。こんな生き方をイシュラットにはずるいと思われたかもしれない。一九九三年の夏、私が最後に彼女と電話で話したときのあの冷たさが物語っているような気がする。でも私はこうしか生きられなかった。彼女のように常に大車輪で突っ走る生き方はできなかった。寂しければじっとその寂しさに身を沈めて、もういちど立ち上がってみようかと思えるまでうじうじしている私には、彼女のようにひたすらに激しく生き抜くことはできなかった。

はじめて会った頃のイシュラットを思い出すたびに、人はこんなにも変わるものだろうかと考えてしまう。私は結婚もせず、子供もつくらず、もらいもせず、ひとりである意味では気ままに生きてきたから、変わりようがなかったのかもしれない。または、もともと変われるほどの能力をもたず、その努力も怠ってきたのかもしれない。イシュラットに言わせれば後者だと言うかもしれない。元来怠け者の私はこれでよかった。またはこれでかまわないと漠然に思っている。負け惜しみかもしれないが。

晩年のイシュラットは私に対して非常に厳しい態度をとるようになった。同い年なのに、そしてわざわざ遠いアジアの国からやってきて大学を出ながらめざましい業績も上げず、政治活動にも、ボランティアにも参加せず、ただみんなにかわいがられるのをいいことにして、怠惰にトシをとってゆく私に腹を立てていたのかもしれない。

5

私がもし、ずっと彼女の近くにいたとしても、彼女はあのように生きたであろう。私がいた頃親しくしていた人々から、すべて離れていったイシュラット。彼女がたち上げようとした彼女の〝新世界〟はどういうものになるはずだったのだろうか。

彼女の訃報記事を読む限り、多くの人々が彼女を敬い、立派な讃辞の言葉を寄せ、彼女の死を悼んでいる。しかし、彼女の生前、その中の何人の人が本当にそう思って彼女をサポートしていたのだろうか。

イシュラットの訃報記事が載った地方紙のインタビューにこたえて息子のアハメ

ッドは、イシュラットが自分の墓石には“She tried.”と彫ってほしいと遺言したと述べている。やるべきことは力の限りやってみた。しかし、すべてにおいて人々に立派だと受け取られたかどうかはわからない。感謝する人もそうでない人もいるかもしれない。評価する人もそうでない人もいるかもしれない。でもとにかく私は一所懸命生きた。このことに悔いはない。私はこの二文字をこう解釈した。彼女は、自分が考えられる限りのことをしたと思う。六十四年間の寿命であれば、彼女はその一生をいつのときも精一杯に生きたと思う。

新聞に載っていた彼女の写真は白髪で、かすかに笑みを浮かべている。寛容な自信と信念に満ちた、しかしどこか寂しそうな顔である。生への闘いを終えた人にあらんかぎりの讃辞を送るのは当然かもしれないが、誰が本当に彼女の死を悼んでいたのだろうか。私にはわかってはこない。

こんな、地球の反対側の極東の地で、古い友人を偲んで一年余りを過ごしてきた。次にかの地を訪れるときは真っ先に彼女の墓を探しに行こうと、彼女が埋葬されたという墓地の名をしっかりアタマに刻み込んだ。

夢の中で私は、彼女の家の玄関の大きな木製の扉を両手で押し開ける。呼び鈴を何度押しても誰も出てこないから。そして、大きな声で呼ぶ。

"Ishrat! Yoshi is here."と。

すると廊下の奥のほうから彼女の声が聞こえる。

"Hi, Yoshi! I'm in the kitchen. Come right in!"

私はまっすぐキッチンへ行く。彼女は時には電話中であったり、時には料理の真っ最中であったりする。そのまま私たちはキッチンでおしゃべりをはじめる。彼女は料理の合間に私にアイスティーを作ってくれる。それをご馳走になりながら、私たちの会話は果てしなくつづく。次の客が訪ねてくるまで。

もう陽はスペンサーヒルの向こうへとっくに落ちて、夜のはじまりの涼風が吹きはじめている。私が帰るとき、通りに面した客間の巨大な一枚ガラスの中にイシュラットが立って私を見ている。夕闇が濃くなってゆくなかで、イシュラットの姿はしだいにおぼろになってゆく。

私は泣き出しそうな気持ちをおさえて、"See you tomorrow!"とくちびるを動かし、片手を挙げて挨拶を送る。なぜかイシュラットは笑い返してはこない。そして動きもしない。笑おうとしながら、とても寂しそうな顔をして、じっと私を見送っている。夢はそれ以上進まない。次の場面はどうしても出てこないのだ。

エピソードⅠ　「サリーについて」

彼女は私たちの知る限りいつもサリー姿で、冬でもコートの下はサリーであった。彼女は決してアメリカ式の服装はしないといつも言っていたらしい。

ある夏の夜、私がマーチン家に滞在し、二階の表通りに面した部屋でウトウトしていると、開け放した窓からピタピタとヘンな音が近づいてきた。音はさかんにするのだが、なかなか近づいてこない。しばらくして私は人の足音ではないかと思った。そして次に、あれはもしかしたらイッシュではないかと気がつき、起きて窓から下の道を見た。

ちょうど彼女がこの家の前を通ってゆくところで、うつむいて何かを考えているかのように、しかししっかりした足取りで、ピタピタ、ピタピタとゴムぞうりの音をたてながら、黙々と巡礼のように歩いていった。あまりに遅い時間で、誰も起きている人などいない頃だったので、私は彼女に声をかけなかった。その代わり彼女の姿が完全に闇に消えるまで見送った。

何年前のことだったか記憶をたどるのはたいへんだが、今考えるとあれは私がイッシュの姿を見た最後だったかもしれない。

真夜中に、白髪をひっつめにしてサリーをまとい、ゴムぞうりであんなすごい音を立てて道をゆく女性を鬼気迫るものと思わない人はいないだろう。知らない人ならなおさらである。眠れないからといって、みんなが寝静まった住宅街を歩きまわるという彼女の行動は大したものだと思い、また、そうしなければ明日を迎えられない彼女をあわれに思った。

エピソードⅡ　「イシュラットの呼び名」

私は最初に紹介されたときから彼女をイシュラットと呼んできた。しかしアメリカ人たちはイッシュと呼んだ。夫のザキもイシュラットと呼んでいたと思う。彼女はもしかしたらイッシュと端折って呼ばれるのを、心の中では歓迎していなかったのかもしれない。

私の名はヨシコだが、職場に行った最初の日に、Yoshikoとは発音できないので、何かアメリカの名前をつけなければと言われ、私はとっさにYoshiではどうかと提案し、それが通り、以来職場でも、友人のあいだでも、学校でもそう呼ばれるようになった。決してアメリカの名前を敬遠したわけではないが、私はこの方が良いと思った。SueとかSaraとかJuneとかと呼ばれる自分はまったく想像できなかった。

イシュラットは社会進出をしてから、いつの間にか人々に自分をドクターと呼ばせるようになった。彼女は英米文学専攻で博士号を取得していたから、そう呼ばれる資格はあったが、別に大学や研究所で仕事をしているわけではないのになぜドクターと呼ばせるのか、みんな疑問に感じていた。なかには過ぎたる行為だという人もいた。おそらく彼女は今まで専業主婦だった自分を社会の機構の中で立派に見せるための手段のひとつとして考えたのかもしれなかった。公の場での活動において、ドクターの称号は重い意味を成す。それはイシュラットのプライドだけでなく、彼女を頼っていく人々にとっても心強い響きをもっていたはずだ。私たちにはドクター・イシュラットがいると。

私は最後まで彼女をイシュラットと呼び、時々はイッシュとも呼んだ（アメリカ人と一緒のときなど）。彼女はいちども私にはドクターをつけろとは言わなかった。しかしドクターと呼ばせるようになってから、彼女はしだいに近寄りがたい存在になっていった。

エピソードⅢ　"She tried."

彼女が亡くなったとき、ある地方紙に彼女の息子のインタビューが載った。それによると彼女は自分の墓石に"She tried."と彫ってほしいと遺言したそうだ。

私はその記事を読んだ時、彼女らしいなと思った。〝私は精いっぱい生きました〟という意味だと思った。そしてこの言葉は誰もが彼女に対して認めるものだと思った。

しかし、彼女が亡くなって七年も経って、ある時彼女のことを思い出しているとふと、あの言葉は彼女の人生すべてのことではなく、もしかしたらザキへのメッセージだったのではないかと思えてきた。私の考えがまちがっているかもしれないが……

彼女は大学院生として彼に出会い、結婚を考えたときからザキを愛し尊敬し、信頼しつづけてきたのではないか。彼女としては一所懸命そうしたつもりだったけれど、ザキには時にそれが重圧になっていたのかもしれない。

いつのことかはっきりわからないが彼女の亡くなる十年以上前から彼らは離婚状態であった。子供たちは独立し、イシュラットはひとりだったが、ザキは愛人と一緒に暮らすようになったと聞いた。その頃からイシュラットは以前親しかった誰とも口をきかなくなったと聞いた。誇らしげに毎年送られてきた子供たちの写真入りクリスマスカードも来なくなった。コーニングへ行くたびに「イシュラットは？」ときいても誰も消息を教えてはくれなかった。

エピソードⅣ　〝最後の接触〟

ワーナー夫人の看病に日本から夏休を利用してコーニングへ来ていた私は、ある夜ジーンと一緒に散歩に出た。

イシュラットの家の前に来ると、彼女がちょうど車で帰ってきた。しかし、ヘッドライトを私たちに向けたまま、彼女は車から下りてこようとしなかった。ヘッドライトがまぶしくて彼女の顔も見えなかった。一言も声をかけてこなかった。私も無言だった。しばらくして私はきびすを返してワーナー家の方角に歩き出した。しばらくついたままだった。やがて車のドアを勢いよくしめる音が静寂な夜のしじまに響いた。私はふり返りもせず歩きつづけた。

これがイシュラットとの最後の〝接触〟であった。私たちは久しぶりとも言わず、さよならもおやすみも言わなかった。姉妹のように心を割ってたくさんのことを語りあったものだったのに。いつもだったら、〝Yoshi, you have to come inside.〟と言って招き入れ、おしゃべりをするのに、彼女は車を下りてきさえしなかった。ヘッドライトの明るさで、彼女がどんな表情をしているのかまったくわからなかった。

エピソードⅤ　〝真夜中の足音〟

ある年の夏、私はマーチン宅に泊っていた。次男のタッドの部屋を借りていてその部屋は玄関の真上にあり、表の道路に面していた。

ゴムぞうりでピタピタとアスファルトを踏む音が遠くからしてきた。もう夜中をすぎた時間であった。足音はどんどん近づいてきて、はっきりと、それは私の思ったとおりイシュラットだった。

よっぽど「イシュラット！」と声をかけたかったが、この夜ふけに二階の窓から大きな声を出しては、マーチン夫妻や近所の人たちを起こしてしまうかもしれないと思い直してやめた。かわりに彼女の姿が隣りの家の植込みの蔭に消えてゆくまでずっと見ていた。あれが彼女の姿をはっきりと見た最後であった。

彼女の姿は見えなくなったが、パタパタとひびくゴムぞうりの音は彼女が一ブロック先の五番通りを過ぎてもなお、かすかに聞こえてきた。私はその最後の音が完全に消えていってもなお耳をすませていた。

あのことがもし今夜起きたら、私はガタガタと窓を開け、「イッシュ！」と声を押し殺して叫ぶだろう。窓の開く音と私の声できっと彼女は立ち止ってくれるだろう。私は窓からのり出すようにして手を振り、「待って！　降りてゆくから」とジェスチュアで伝え、大急ぎで、できるだけ音をたてないように階段を降り、フロントドアを開けて、とび出してゆくだろう。

イシュラットは、「まあ、ヨシ！　あなたがコーニングに来ているのを知らなかったわ」と言いながら、しっかり抱きしめてくれるだろう。そして私たちはマーチン氏が隣り町の旧鉄道の廃線になった枕木を花だんのフチに埋め込んだ特製ベンチに腰をおろして、会えなかった間のできごとをとめどなくしゃべりつづけるだろう。

そんな光景を想像してゆくと、私の胸はたまらない悲しさで締めつけられてくる。

＊

イシュラット、その静止した画面をつき破って出てきてほしい。

あなたがそうしてくれないと私たちの〝会話〟は進みようがない。

では、私はどうしたらいいのか。私が自分の側の画面を破るというのは、どういうことなのだろうか。遠い遠い旅をつづける人々の群れの中に、もしあなたの後姿を見つけたら、私は必死に〝待って！〟と呼びかけるだろう。たとえあなたが振り向いてくれなくても、私は追いつづけるだろう。

霧であなたの姿を見失っても私は歩きつづける。いつか霧が晴れたら、またどんなに離れてしまっていても、よく似た姿を見つけ出して必死に後を追おう。いつか、いつか追いつけるときを……。ハーイ、イシュラットと呼びかける私に、昔と同じ茶目気いっぱいの energetic なルビーの石のように美しい笑顔でふり向いてくれるしゅんかんを……

そしたらもう画面は静止することはないだろう。

（二〇〇五年）

終章

かつてシモングの谷間でわたしはたくさんの夢を見た
あの谷は今も昔のままである
しかし　私はもうあそこに住んではいない
もういちどあそこへ住むために
戻ってゆくこともないだろう
だから私はあの谷の夢を
生きている限り追い続けるのだ
今の生活とあの頃の思い出に
何のつながりがなくても

私の心の生活ではその思い出は
春の雪解け水が音を立ててほとばしるように
いつもいつも私を追いかけてくる

シモングという地域名はあるけれど
シモングの谷という呼称は地図にはない
でも　そこにながく住んでいる人たちは
みな知っている
その中心を流れる同名の川を
鉄橋も含めてそれにかかるいくつもの橋を
その谷を囲むいくつもの丘を
秋になるとどの山が何色に染まるか
赤か黄色か茶色か

町では人口が増えて

新しく拓いた土地に豪勢な家が
つぎつぎに建つようになり
昔　ワーナー氏が Corning is dying
と言っていたその町は
大丈夫　しっかり生きて呼吸しているし
発展さえしている
そんなに変わってしまっても
それでも行ってみたい

もういちどあの空の下で
あの風に吹かれて
あの林　あの丘　あの湖
そしてもしかしたら
ばったり会えるかもしれない
昔の大切な友人たち

新しい高速道路が町中を通るようになっても
そのために丘の一部が
何か所も削り取られても
新しい橋が渡されて
たくさんの車が通るようになっても
昔はひとつしかなかったホテルも
今では半ダースほどになり
夏に観光客が国の内外から押し寄せてきても

相変わらず昔からの住宅地は
川の北側の平地も
丘陵になっている南側も
夏は深い木々の緑に埋もれて
家々の屋根さえほとんど見えなくなり
教会の尖塔の先だけが

木々の高さを貫いて
とびぬけて見えるだけだ

会社の景気がよくなれば
人々はつぎつぎとやってくる
Don't worry, Father
Corning will never die
そしてその活気ある喧噪から逃れてゆくべきところを
私は知っている

ながいながい夢だった
たくさんの数えきれない
いいことも　つらいことも
かなしいことも　うつくしいことも
醜いことも　恥ずかしいことも

申し訳ないことも
ありがたいことも　くやしいことも
残念なことも
すべて　ながいながい夢だった

今では夢といってはみるけれど
でもあれは　あのとき　あの時代のことは
すべてほんとうのことであった
だからその思い出のひとつひとつが
ぬらした障子紙のように
べったりと私の心の中に張りついている
これはきっとはがれることはないと思う

そしていつか　リンレー・セメタリーに迎えられたら
昼間は風と一緒に囁くようにおしゃべりをして

夜は瞬く満天の星に見守られて眠り
月が明日のために帰って行く頃
私はちょっと散歩に出かけよう
夜明け前の薄闇の中を
老いさらばえた妖精の姿で

ふと目を覚ますと
私はナナカマドの実のひと房の中にいた
昨日の昼下がり
ちょっとだけうとうとしたときに
花と一緒にここまで誰かが
運んできてくれたのかもしれない

これが私の終章である。私はヘレン・トビー・ワーナーとアラン・ワーナーの墓石のかたわらにジローと一緒に灰になって、小さな壺に入れられ、このときを一期として埋められるのだ。私はもう存在しない。私はもう何も書かない。残された詩集は私が一所懸命集めた他の書籍と一緒に焼却されるだろう。そしてもう誰も私を思い出しはしない。

跋文　シモングの谷間によせて

神品芳夫

そこはアメリカ合衆国の北端に近い小さな町、春にはまずクロッカスが顔を出し、次にレンギョウが乱れ咲き、やがてマグノリアの花盛りとなる。そんな自然の表情が豊かな土地に、グローバルなガラス産業とコミュニティ・カレッジの瀟洒な建物が隣り合わせに建っている。この平和な環境に高橋よし子さんは日本から派遣され、働きながら大学に通った。彼女は各国の留学生とともにその産学協同の組織に溶け込んで、少し遅めの青春をのびのびと体験した。とくに留学生の世話をしていたワーナー教授夫妻ほか大学関係者と親密な関係を築き、帰国後もしばしば訪問して交流をつづけ、死後には自分の骨をワーナー夫人のお墓のそばに埋葬してもらうよう、夫人の許しを得て、手続きも完了している。

なかなか実らない恋もあった。言わず語らずに人生のライバル関係になってしまったパキスタン女性もいた。また、日本から研修にきていた社員が自殺するという事件があり、彼の夫人が日本からくるので、当地に滞在中ずっとつきそってほしいと会社から頼まれ、その任務を果たしたこともある。さらに、のちにはニューヨークの大学に移って学業をつづけることを認められたが、そのときは黒人の家庭に下宿していた。あるパーティーでは、踊れもしないタンゴをパートナーのおかげでみごとに踊ったりした。本書で語られるたくさんのエピソードを改めて編集すれば、日米合作の一編の映画シナリオができあがりそうな気がする。

高橋さんは過去のアメリカ体験のさまざまな局面を、時を経て、追憶のなかから組み立てている。記憶は精確で、観察力も鋭い。人への好奇心が深く、人の深部を見抜いたうえで、その人の好ましい面を取り出す。こうして異国での人間交流の再現を積み重ねることにより、著者は自分の「ふるさと」を創成しているのだ。「ふるさとは遠きにありて思ふもの」――けだし現代では、故郷とはめいめいが記憶のなかで創り出すものでしかあり得ない。

あとがき

思い出はつきないけれど、ここでいちど筆をおく。からだがそう信号を送ってきた。

私はマーチン一家のことを最後にとっておいた。時間が足りなくなったが「あとがき」の一部としてここにのせることにする。

いちばん長いこと私を応援しつづけてくれた一家であった。そしてまだそれは過去形にはなっていない。マーチン家の私に対する姿勢は四十七年間まったく変わっていない。彼らの生活の中に私も存在していた。それがどれほどの大きさか私にはわからないけれど、少なくともある片隅にはいつもいたと思う。新聞や雑誌に私の研究課題に関する記事が出るとかならず送ってくれたし、私が親しくしていた人の訃報記事がのると送ってくれた。

コーニングを後にニューヨークに出て行って厳しい環境についてゆけず不眠症になったことがあった。会社に休暇を取ってコーニングへ逃げ帰った。マーチン夫妻が私を引き受けてくれた。その晩から私は死んだように眠った。"You can sleep like a baby."ある友人がそう言ったが、そのとおりになった。私はまさに赤子のように昼となく夜となく、貪るように眠りつづけた。

マーチン家の子供が小さかった頃、私はよくベビーシッターをした。マーチン夫妻は大学、美術館、歴史協会などの理事会に出席のため、夜留守にすることが多かった。それでもいつも私に頼んできた。私のアパートから歩いてゆける距離だったので、往きはいつも歩いていったが帰りはかならずマーチン博士が車で送ってくれた。ベビーシッター代も払ってくれた。ビンボー学生にはありがたい〝収入〟だった。

夫妻が出かけてしばらくは二人の息子は遊んでいたが、九時になると私が何も言わなくても二階のそれぞれの寝室へ上がっていった。兄のスコットはこちらが何かきくとかならず返答をしてくれるが、自分の方から話しかけてくることはめったにない物静かな子で、黙って自分の部屋へ上がってゆくこともあったが、弟のタッドは正反対でたいそうにぎやかだった。

"Yoshi, I'm ready to be tucked in!"と二階から元気な声がしてくる。私はたいてい明日の授業の予習などをしているので、きりのいいところまでやってしまいたくて、すぐには行かない。すると第二弾が飛んでくる。早く行かないとスコットが眠れない。やりかけの予習をそのままにして、タッドの寝室へ行く。彼はいそいそと"to be tucked in"してもらおうと待っている。ていねいに毛布にくるまわせて、お休みを言うと、やっと静かになる。スコットの部屋からは明かりが漏れていてまだ本を読んでいるらしい。

たいへんなつかしい思い出だが、二人ともいい歳のオッサンになった。そして私がベビーシッターだったことを覚えているという。スコットは弁護士となり、タッドは建築家になった。毎年クリスマスの家族写真をたくさん送ってきてくれる。ひとり大切な人がもういない。マーチン博士である。二〇〇七年九月に他界した。

帰国してからながいこと、アメリカの経験を書こうとしても書けなかった。誰かが一年以内ならみんな書くが三年以上になると書けなくなるといった。十年近くいて帰国しても毎年のように帰っていたし、向こうからも日本にやってくることが多かった。それは今も相変わらずつづいていて半世紀近いつきあいである。このことを私はぜひとも書いておきたかった。しかし、なかなかまとまりがつかず困っていると、20世紀文学研究会の井上謙治先生が、短いものをたくさん書いていったらと助言してくださった。それから毎年一作ずつ書いてここにはその中から一六作を選んだ。

途中で脳梗塞になり、風濤社代表高橋栄氏と編集者の鈴木冬根氏には多大なご迷惑をおかけした。また、『文学空間』同人の神品芳夫先生は跋文を引き受けて下さった。皆様のお力添えに深謝いたします。

二〇一六年四月

高橋よし子

初出

「墓を埋めに行く」……『文学空間』Vol.IV No.5／創樹社／一九九九年
「モーニング・フェアリー」……『文学空間』Vol.IV No.10／創樹社／二〇〇三年
「ドラゴン・ワゴン」……『文学空間』Vol.V No.1／風濤社／二〇〇四年
「デュークの瞳」……『文学空間』Vol.IV No.7／創樹社／二〇〇〇年
「ビア樽ポルカ」……『その重さ』書肆雙龍洞／二〇〇五年
「タンゴ」……『その重さ』書肆雙龍洞／二〇〇五年
「見知らぬ者のためのマンハッタン」……『その重さ』書肆雙龍洞／二〇〇五年
「スプリングフィールド・ガーデンズ」……『文学空間』Vol.V No.6／風濤社／二〇〇九年
「16K」……『文学空間』Vol.V No.5／風濤社／二〇〇八年
「赤い縁取りをした紺色の靴——グスティーナ・スカーリアの思い出」……『文学空間』Vol.V No.7／風濤社／二〇一〇年
「雪の日」……『文学空間』Vol.V No.3／風濤社／二〇〇六年
「壁にゆれる影」……『文学空間』Vol.V No.8／風濤社／二〇一一年
「手の抱擁」……『文学空間』Vol.V No.9／風濤社／二〇一二年
「リンレー・セメタリー」……『文学空間』Vol.V No.10／風濤社／二〇一三年
「わが心のイシュラット」……『その重さ』書肆雙龍洞／二〇〇五年
「終章」……書き下ろし

高橋よし子

埼玉県大宮市生まれ。上智大学大学院修士課程修了。1960年代から70年代にかけてニューヨーク在住。第一詩集『闇のオルフェ』（詩学社、1987）、第二詩集『ワン・ウーマンズ・ドッグ』（創樹社、2000）、第三詩集『その重さ』（書肆 雙龍洞、2005）、第四詩集『あの子へ』（風濤社、2015）。

かつてシモングの谷間にて

2016年6月20日　初版第1刷発行

著者　高橋よし子
発行者　高橋 栄
発行所　風濤社
〒113-0033 東京都文京区本郷 3-17-13 本郷タナベビル 4F
Tel. 03-3813-3421　Fax. 03-3813-3422
印刷所　中央精版印刷
製本所　難波製本

printed in Japan
ISBN978-4-89219-417-7

あの子へ　高橋よし子

詩人は愛の喪失の悲しみをうたう。まことにフラジャイルな言葉が胸にせまる。強く押すと、あらたな涙が行間から溢れてきそうだ（跋・中村邦生）。高橋よし子第四詩集。

四六変判上製　一二八頁　本体一六〇〇円＋税　978-4-89219-394-1

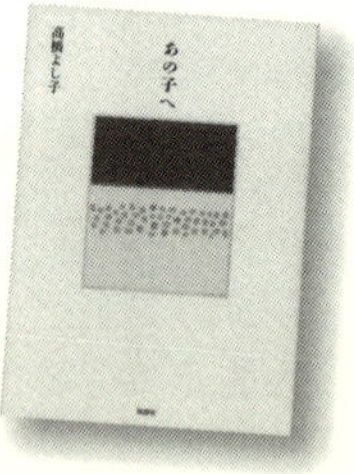